顔 … れない伯爵令嬢ですが、
悪 … 様に溺愛されています

2

著＊櫻田りん Rin Sakurada
イラスト＊紫藤むらさき

TOブックス

Contents

イラスト✻紫藤むらさき
デザイン✻小沼早苗〔Gibbon〕

Characters
カリクス・
アーデナー
サラの婚約者。顔に火傷痕があり、『悪人公爵』と恐れられている。
しかし、実は噂とは正反対に、普段は優しく穏やかな人物で、サラのことを溺愛している。
サラ・マグダット
元ファンデッド伯爵家の令嬢。現在はマグダット子爵家の養女。他人の顔を見分けることができない。実の家族からは冷遇されていたが、カリクスと婚約し、溺愛され幸せな毎日を送っている。

キシュタリア王家

メシュリー

第一王女。カリクスとは幼なじみであり、かなり親しい様子……？

ダグラム

第三王子。サラは、以前、人違いをしたことをきっかけに嫌われていると思っているが……？

ブラン・マグダット

カリクスの友人の子爵。『植物博士《バカ》』と称されるほど、研究に夢中。サラの生家が取り潰されたため、養父となる。

アーデナー家の使用人たち

ヴァッシュ

執事長。代々アーデナー公爵家に仕えている。

セミナ

メイド長。いつもはポーカーフェイスだが、サラには過保護過ぎるほどに忠誠心が厚い。

カツィル

メイド。元はファンデッド伯爵家に仕えていたが、取り潰しをきっかけにアーデナー家へ。

サラ、ダンスが出来ない

「秘密ですか……ほっほっほ、なんとも抽象的で魅力的な響きですな」

「脅迫文に魅力なんてあるか」

あれからカリクスはサラから手紙を受け取ると「変なイタズラもあるものだ」と真に受けることはしなかった。

サラは当初おろおろしていたが、カリクスの毅然とした態度に安堵したのか、徐々にいつもどおりに戻っていった。

そうしてその後は、社交界デビューに向けての準備の話を進め、それが済むとカリクスは足早にサラの部屋を出て執務室へ向かう。

すぐさまヴァッシュを呼び出してことのあらましを説明すれば、あまりにも呑気《のんき》な執事にカリクスは呆れ気味だ。

「して、送り主に心当たりはおありで？」

「ない。この秘密とやらが、もしあのことならば、国内で知っているのはこの国の両陛下とお前くらいだ」

「そうでございますね……ふむ、この老いぼれではございませんよ？」

「茶化すな。両陛下もこんなことをするメリットがないし、誰かが適当にサラに送ったのなら私になにか恨みでもあるのか――」

考えても仕方がない。分からないことが多すぎて仮説が仮説を生むだけだ。

カリクスは腕組みを解いてふぅ、と肩の力を抜く。

そろそろヴァッシュも終業にしないと雇用主としての面目が立たないので「もう下がれ」と言ってカリクスは手元の手紙をもう一度見やる。それ程特徴がない文字に、主が分かるはずがなかった。

「あ、旦那様」

出ていこうとした最中思い出したのか、扉を半分開けた状態でカリクスに声を掛けるヴァッシュ。顔だけを主に向けて、にっこりと微笑む。

「分かっておいでだと思いますが、結婚するまで初夜は我慢ですぞ、が、ま、ん」

「…………言われなくても分かって、いる……」

「最後の方が聞こえませんな？」

「分かっていると言っている！　……そういえば、近々サラがダンスを習いたいらしい。適当に見繕っておけ」

「かしこまりました。おやすみなさいませ」

――バタン。

今度こそ扉が閉まり、カリクスは一人になった部屋で頭を抱えた。

頭に浮かぶのは、昨夜泣きじゃくったサラの姿だ。

「何も起こってくれるなよ――」

家族との問題に向き合ったサラは、ようやく平穏を手に入れたのだ。この平穏をどうしても守りたいと、カリクスは強く願った。

◆◆◆

公爵家に帰ってきてから二週間後のことだった。

完全に怪我が治ったサラはいつもどおり仕事に精を出していた。

パトンの実の件はマグダットに任せておけば安心だろうし、家臣たちは皆優秀だ。

何よりカリクスの手腕は目を見張るものがあり、サラは見習うところが多かった。仕事は目に見えて成果が出て、領民の生活の質に直結するのでサラはやり甲斐を感じていた。

しかしサラはカリクスと両想いになってからというもの、一つの問題にぶち当たっていた。

結婚をして公爵夫人となった際の、人脈が皆無ということである。

貴族とは爵位やら金やらが物を言う世界だが、それと同じくらい大切なのは人との関わり――人脈だ。

それこそ新しい商品を開発するにしても、それを広めるにしても、何をするにしても人脈は欠かせない。

安定した領地経営、民を豊かにするために必要なのは人脈、そしてそれをするのは公爵夫人となるサラ――妻の務めでもある。

「サラ様、ダンスの先生がいらっしゃいました」

今まで顔が見分けられないことを理由に逃げてきた社交界だが、結婚をするためにまず社交界デビューを無事成功させなければならない。欲を言えば他を圧倒して存在感を出し、アーデナー家は万全であるという姿を見せなければいけない。

いきなり人脈が作れなくても、サラの印象が良ければそれはやりやすくなるし、カリクスの株も上げることになるのだ。

「ええ、お通しして」

そのためにまず社交界デビューの際、問題なくダンスを踊り切ること。

「サラ様、こちらが――」

セミナと共に現れた婦人に挨拶をすべく、サラはゆっくりと立ち上がりカーテシーで出迎える。

しかし返ってきたのはお決まりの挨拶ではなく。

「お久しぶりですね。サラお嬢様。――いえ、今はもうサラ様とお呼びしたほうがよろしいかしら」

「その声は……もしかしてミシェル先生……？」

女性の中では少し低めの芯が通った声。伯爵邸にいた頃、サラにマナーと教養を叩き込んでくれたのは彼女だった。

「ミシェル先生……！　お会いしたかったです……！」

サラは挨拶も程々に小走りでミシェルのところに向かうと、ぎゅっと抱き着いた。

当時殺伐とした家族関係にサラの心が少しずつ磨《す》り減っている中、彼女が来た際の学びの時間はとても楽しかったのだ。

「おやおや、アーデナー卿の婚約者になったと聞きましたが、この様子では心配ですわねぇ」

「今日だけ、今日だけですわ……！　再会の嬉しさを存分に味わいたいのです……っ！」

「ふふ、私も会いたかったですわサラ様。貴女ほど優秀な生徒は類を見ない。……どれだけ私が貴女に教えることに楽しさを覚えていたか」

ミシェルもサラの背中に手を回し、ミシェルを連れてきたセミナは僅かに表情を緩める。

そしてサラと一緒にミシェルの到着を待っていたカツィルといえば。

「良かったですぅ……うぐっ、良かったですねぇサラさまぁ……！」

「カツィル、早くその目と鼻と口から出ている水を拭きなさい。床が汚れます」

「はいいい………!!」

セミナとは反対で感情の起伏が激しいカツィルは、ハンカチでは拭ききれないほどに様々な液体を出している。

伯爵邸にいた頃、ミシェルが来る日を心待ちにしていたサラを知っているカツィルは、それを思い出して感情の昂りが抑えられなかったのだ。

セミナは昨夜ヴァッシュからサラの生い立ちについての詳細を聞かされていたので、カツィルの反応も分からなくはないのだが。

「カツィルは一旦顔を洗って来なさい。サラ様、ミシェル先生をランチにお誘いしてはどうでしょう？　その時に積もる話をされては」

「それはいい考えね！　先生いかがですか……？」

「ご迷惑でないなら是非」

それなら、とテキパキと部屋の隅に控えるメイドたちに指示を送るセミナを横目に見てから、サラはミシェルから数歩離れて遅ればせながら、と洗練されたカーテシーをして見せる。

文句なしの出来に、ミシェルはほぉ、と感嘆の声をもらす。

「素晴らしいですわサラ様。貴女ほど優秀な生徒の噂が、なぜ社交界で響いていないのかほとほと疑問です」

「そ、それは…………」

「――事情があるようですね。少し思い当たることはありますが……まあ、それは一日置いておいて」

今回ミシェルが招集されたのはダンスのレッスンだ。普通貴族の娘ならば十八歳になってから根を詰めてダンスを練習することなどあまりない機会ではある。既にレッスンは終了し、社交界デビューも済ませ、得意不得意は別としてある程度踊れるのが当たり前だったからだ。

しかしサラにその当たり前は当てはまらなかった。

ファンデッド伯爵は仕事を手伝わせるためにサラに教養を学ばせたが、ダンスに関しては一切触れなかった。まだ幼いときは社交場に出ていたサラに、伯爵家として恥さらしにならぬようにマナーは学ばせたものの、ダンスなんてサラの未来に必要ないと決めつけていたのである。

当時からダンスも教えるべきだと懇願していたミシェルは、そんな伯爵のことを嫌っていた。若い芽を、持て余す才能を伸ばさないことはもはや罪だと思っていたから。

しかしこうして、数年後再びサラと出会い、今度はダンスを教える機会をもらったミシェルは胸が躍る。

まさに神童と呼ぶに相応《ふさわ》しかったサラは、きっとダンスでもその才能を発揮し――。

「きゃぁぁ……っ！　あたっ……！　へっ……⁉」

まずは基本のステップから教えたのだが、ターンをすればくるくると回って止まることを知らず、腕を上げればカクカクとロボットのような動きに、ステップに関しては足がもたついて転げている時間の方が長い。

その姿はもはやダンスではない。踊り狂う――いや、狂う、の表現が一番しっくりとくるかもしれない。

「サラ様、おいたわしや……」

セミナがポツリと呟き、珍しく眉尻を下げる。

――サラは壊滅的にダンスが苦手だった。

穏やかで朗らかなランチとなるはずだったというのに、この空気はどうしたら良いのだろう。

セミナは後ろに控えながら、俯くサラと頭を抱えるミシェルの食事風景を見つめる。

これだけ重々しい空気でも丹精込めて作られた料理に感謝し、残すことなくきちんと食べているので二人は似た者同士なのだろうか。セミナは頭の片隅でそんなことを思った。

「まあ、人には得手不得手《えてふえて》が必ずありますから……」

メイン料理に差し掛かった頃、励ましの言葉をかけたミシェルに、サラは顔を上げることができ

ない。

サラはこれでも昔からそれなりに何でもできた。努力無しで、一度見ただけで、という天才ではなかったが、本人の高いポテンシャルと努力によって神童と呼ぶに相応しかったとミシェルは声を大にして言いたい。

だからこそ今回のダンスもすんなりと出来るようになるとミシェルは思っていたのだが。

これに関しては致し方ないので、ミシェルは今後長い目で見てゆっくり教えていけば良いかと思っている。むしろ今までのサラが出来すぎだったのだ。少し苦手なことがある方が可愛らしいじゃないか。

「ミシェル先生……だめな生徒で申し訳ありません……。私もまさかここまで出来ないとは……」

「仕方がありません。少しずつ練習すれば必ず踊れるようになりますからね。――それで、サラ様。お聞きしたいことがあるのですが」

未だ落ち込んでいるサラが何ですか？　と聞き返すと、ミシェルは疑問をぶつける。

「何故ここ数年社交場に出ていなかったのです……？　ダンスが出来ないことを知ったのは今日が初めての様子ですからダンスが理由ではないでしょうし、もしかして伯爵が何か――」

実の父親のサラに対する態度の違和感に気がついていたミシェルがそう言うと、サラは僅かに苦笑を見せる。

「気分の良い話ではないですが……」と前置きしてからことのあらましを説明すれば、ミシェルは拳をギュッと握り締めて顔を歪めた。

「それは……大変でしたわね……私の家庭教師の任が終了してからそんなことがあったなんて」

「大変ではありましたが……今はもう済んだことです。この屋敷で皆と、カリクス様と過ごす日々は幸せで怖いくらいですわ」

「私は今、胸を張って幸せだと言えます」そう言うサラに、何だかミシェルは込み上がってくるものを必死に抑える。

事情を説明してくれる中で顔が見分けられないと打ち明けてくれたサラに対し、無言でいることは不安を与えてしまうだろう。

何かを話さなければと思うが、自分が想像していたよりも何倍も大変な目にあっていた教え子が今幸せだと語る姿に、ミシェルは言葉が出てこない。

「先生、失礼しますね」

サラはそう言って、ミシェルの頬に手を伸ばす。

ミシェルはいきなりのことで驚いたが、サラには何か意図があるのだろうとされるがままで待っていた。

「良かった……泣いていなくて。先生はお優しい方なので、心配で……」

「サラ様…………」

「申し訳ありません……いきなり……表情も読めないのです」

「いいえ。大丈夫……大丈夫ですわ」

サラの手が離れていくのと同時に、ミシェルは頭を振る。優しいのは貴女の方だと、ポツリと呟いた。

それから午後も再びダンスのレッスンを行うことになり、サラはミシェルの手本をじっと見る。

ターンの仕方、どこで手を上げるか足はどの角度が良いのか、踊りの流れなどは全て覚えられた。

だが実際に踊ると体がかくかくして余計なところに力が入り、ミシェルと同じダンスとは思えないクオリティになってしまう。

「どうしましょう……これじゃあ笑い者に……」

宮廷で行われる舞踏会まであと一ヶ月、執務をこなして参列者の情報を頭に入れ、そしてダンスを人に見せられる程度のクオリティにすること。

サラは自分に出来るのかと不安に駆られ無意識にため息をつくと、パタンと扉が開いた。

「サラ、苦労しているみたいだな」

「カリクス様……！　どうしてここに……」

（今日は一日執務室に籠もると朝食時に言っていたはず……。何かあったのかしら）

突然現れたカリクスの声は少し元気がないように聞こえる。

ファンデッド領地を買い取るにあたっての情報収集や書類の作成、その後の人の確保もあるため、疲れているのか。

（それに昨日のあの手紙……カリクス様は変なイタズラだと平然としていたけれど、もしかしたら気にしていらっしゃるのかも……）

コツコツと近づいてくるカリクスに、サラは心配そうな表情を見せる。

カリクスは、ふ、と小さく笑うとサラの手を取ってするりと自身の頬へと誘った。

「サラの顔を見たら元気が出た。ほら、これが証拠だ」

「……っ、そ、それは良うございました……？」

「はは、なぜ疑問形？　やはり疲れたときにはサラに会うのが一番だ」

頬に誘われた手が離されたと思うと、次は頭を優しく撫でられる。

サラは気持ち良さそうに目を細めた。

「あ、あのーサラ様、それとアーデナー卿」

後ろからミシェルに声を掛けられ、サラはハッとして数歩後ろに下がると彼の手から離れる。恥ずかしながら完全に自分たちの世界に浸っていた。

両想いと分かってから、サラはカリクスの傍にいると幸せすぎて周りが見えなくなるときがある。甘やかされて体がふにゃふにゃとろとろになって溶けていくような、そんな感覚が堪らなく癖になるのだ。

カリクスは手を腰辺りに戻してから、ミシェルに視線を向ける。

「申し訳ないミセス・ミシェル。レッスンの邪魔をしたな」

「いえ、そうではないのです。……むしろご協力いただきたいのです」

「協力――？」

◆◆◆

ダンスができるほど広い部屋で、休憩用に用意された椅子に腰掛けるカリクス。

――サラは、というと。

「も、無理です……限界です……っ」

「ダメだろうサラ。私はミセス・ミシェルから頼まれたんだから暴れないでくれ」

「〜〜っ」

約二十分前のことである。仕事の隙間にサラに会いに来たカリクスはミシェルから協力を頼まれた。

どうやらサラのダンスの下手くそさは、緊張により動きが固くなっていることが主な原因らしい。

カリクスは実際サラがダンスをしているところを見ていないが、ミシェルとサラの様子を見れば上手くいっていないことは歴然で、サラの緊張をほぐすべく頼みを引き受けたのだが。

「カリクス様っ、もう降ろしてください……！」

それならふたりきりにしてくれ、というカリクスに疑問を持たなかった訳ではないが、それにしたっていきなり膝の上に乗せられるとはサラは思わなかった。

何度拒絶をしても応じてもらえず、ついにサラは半泣き状態だった。向かい合う形ならば半泣きでは済まなかっただろう。

「緊張をほぐすにはリラックスが大事だ。ほら、私にもたれ掛かるといい」

「出来ませんわそんなこと……っ！　今日のカリクス様は意地悪です……!!」

まさかここまで言ってても降ろしてもらえないとは思っていなかったサラは、ついに声を荒らげる。

けれど熟した苺と同じくらい真っ赤な顔で言われても効果はなく、カリクスはくすくすと笑うばかりだ。

その吐息も微かに耳に掛かり、サラは体温が上昇するのが分かる。

腹部にギュッと回された両腕は自分のものとは違い、血管の浮き出た鍛えられたもので、何だか見ていると本当に熱が出そうだ。

そもそもカリクスが腕まくりしている姿を殆《ほとん》ど見たことがなかったサラはそれだけでドキドキだというのに――この現状にリラックス出来るはずがなかった。

「逆効果ですわ……っ、こここ、こんなふうにカリクス様に触れられたらドキドキして緊張してしまいます……っ」

これは素直に言おう、包み隠さず本音で言えばきっと離してくれるだろう。

サラは必死にカリクスに訴えると、腹部に回された腕の力が一瞬弱まる。

(これはチャンスでは……？)

サラは逃げ出そうと前のめりになる。

だがそれは虚しくも、再び腕に力を込められたため叶わなかった。

「カリクスさ、ひゃあ……っ」

「サラ……」

――瞬間、切なそうなカリクスの声が聞こえたかと思うと、ダンスの練習のために髪をアップにしていたサラの項《うなじ》に柔らかい何かが触れる。
ツン、ツン、と確かめるようにそれは触れると、はむはむと啄《ついば》むように動きを変えた。
それがカリクスの唇だと気付くのには、それほど時間はかからなかった。

サラ、舐められ、かじられ、吸われる

可愛らしく求愛するような唇の動きは一転する。

――ピチャピチャ。

そんな水音を立ててカリクスの舌が項を這う。

はぁ、と度々《たびたび》漏れる吐息は、濡れた項をひんやりと冷やした。

「か、カリクス様、どっ、どうし」

「サラ……可愛い私のサラ……」

舌は項から首へと降りてくると、今度は僅かに歯を立てられた。殆ど跡がつかない程度の甘噛みだが、サラはその度に身体を揺らす。

「ふっ、ふっ、ふ……っ」

そうしてもう一度優しく唇が触れたかと思うと、カリクスは我慢ならずに白い首元へ吸い付いた。

どこかで止めなければいけないのに、サラが可愛いことを言うから止められない。

そんなカリクスの手がサラの腹部から徐々に上にあがっていく。そんなときだった。

「ふふ、あはははっカリクスさま……おやめ……あははっ、ください……っ」

「……!?」

「も、もう十分ですわ……？　くすぐって緊張を解いてくださるなんて、ありがとうございます……っ！」

「…………………………」

——まさか。

「サラ……そんなにくすぐったかったのか？」

「は、はい……っ」

「……その、気持ち良いとかでは、なく」

「……？　はい。昔から首あたりは弱いのですわ……少し触れるだけでくすぐったくて……」

「…………………。そうか、力になれて良かったよ」

しれっと膝の上から降りたサラ。遠い目をするカリクス。

もちろんサラは表情が分からないので「くすぐるのお上手ですわね」なんて斜め上の感想が飛び出す。

おそらくこれに関しては表情を見ることが出来ても反応に大差ないだろうが。

しかしこれで良かったのかもしれないともカリクスは思う。サラの反応によっては止まらない自信があった。

昨夜ヴァッシュに念押しされたというのに。割と我慢強い方だと思って高を括っていたらしい。

——コンコン。

「はい、どうぞ」

「失礼致します」

少し頬は赤みがあるが、にこやかなサラがセミナと後ろに続くミシェルを再び部屋に迎える。

セミナに疑いを含む瞳でじーっと穴が開くほど凝視されたカリクスは、瞬時に目を逸らした。

「厭らしいことしてませんよね？」と確認するような、そんな目だったからだ。

緊張を解くつもりが盛《さか》りましたとは言えるはずもなく、カリクスがセミナから目線を外したままでいると、現状をよく理解出来ていないミシェルがサラに問いかける。

「サラ様、緊張は解けましたか？」

「はいっ！　バッチリですわ」

「そうですか。して、何をなされたのですか？」

きっと楽しく会話でもしたのだろう。そう信じて疑わないミシェルの質問に、サラは満面の笑みで答える。

「くすぐっていただいたのですわ！　私じつは昔から首が本当に弱くて……」

「くすぐる……首………」

予想外の返答に、ミシェルはちらりとカリクスを見やる。同時にセミナにも怪訝な瞳で見つめられ、カリクスは額《ひたい》あたりに手を置いて俯いた。

その後、「さて、レッスンを再開しましょう」とミシェルが手を叩く。

どうせだから見ていこうと、カリクスが椅子に腰を下ろしてその様子を眺めていると。

「サラ様、凄い進歩ですわ……!!」

一連のステップを行うサラに、ミシェルは拍手で褒め称える。

確かにステップは間違えていないし初めてにしてはまぁまぁかもしれないが、カリクスにしてみればサラのポテンシャルを考えると大袈裟なのでは？　と思うわけで。

カリクスはサラとミシェルに聞こえないように小さな声でセミナに「そんなにさっきまでは酷かったのか」と問いかける。

「そうですね……ダンスというよりは何か良からぬものを召喚しようとしているように見えるといいますか」

「召喚」

なるほど、それはそれで見てみたかったかもしれない。カリクスはそう思ったが、あまりにも感動しているミシェルを前にそれは言えなかった。

◆◆◆

その頃、宮廷の一番奥、国王の執務室では。

「お父様……いきなり呼び出して何のことかと思えばまたですか……」

「メシュリー、お前はもう二十三だ。そろそろ身を固めんと……」

国王が娘の第一王女――メシュリーに言いにくそうに手紙を差し出す。

そこには他国の王子の名前と顔写真が入っており、メシュリーは大きくため息をついた。

「私は他国に嫁ぐつもりはありませんわ。というより、こんな私を受け入れてくれると本当にお思いですか？」

「それは——」

「私には、あの方しかいないのです……あの方しか……」

自身の肩に両腕をクロスさせてギュッと抱きながら、思い詰めたような表情を見せるメシュリーに、国王は口籠る。

国のため、王女としての務めを果たせと実力行使することも出来るが、可愛い娘にそんなことはしたくなかった。

「しかしな、メシュリー……彼にはもう婚約者が」

「ええ、分かっています。分かっていますとも……婚姻が済んだ際には、この想いはきっぱりと捨てましょう。けれど——」

メシュリーが何かを言いかけると、ギィ……と執務室の扉が開く。

ノックもなしに入ってくる礼儀知らずは、この宮廷には一人しかいなかった。

「ダグラム!!　ノックぐらいしなさいといつも言っているだろう！」

「申し訳ありません父上。つい」

「つい、じゃない！　何度言えば分かるんだ！」

ダグラムは悪びれる様子はない。公式の場ではないのだからそこまで目くじらを立てるなとさえ思っているくらいだ。

「父上、聞きたいことがあって来たのですが」

「私は今メシュリーと……あ～～もういい!!　分かった。何だ」

どうせこの息子は自分を優先させて勝手に話し出すに決まっている。礼儀がなっていないのである。

メシュリーもお先にどうぞといったように呆れ顔だ。

「アーデナー卿が婚約者サラと共に、この宮廷で行われる舞踏会に参加するというのは本当ですか？」

どこから聞きつけたのか、普段は社交界にそれほど興味を持たないダグラムが聞いてくるものだから、国王は少しばかり驚いた。

今まで自分のことにしか興味執着がなかったはずなのに、一体どういう風の吹き回しなのだろう。

「ああ本当だ。婚約者のご令嬢が社交界デビューを済ませていないみたいでな。それで珍しく参加するらしい」

「な、何だって……」

何に対する「何だって」なのか国王には分からなかったがどうせ大したことではないだろうと深掘りすることはなかった。

「ああ、あとそのご令嬢の実家――ファンデッド家は色々問題があって彼女はマグダット子爵の養女になる手続きを取っているみたいだ。まだ承認は下りていないが時間の問題だからサラ・マグダット子爵令嬢として扱ってほしいとアーデナー卿から事前に連絡があった」

理由が理由なので言葉を濁した国王。どうせ真実は知れ渡ることになるが、ここでダグラムに伝えれば舞踏会で会ったときに「貴様は家族に虐げられていたんだって？　可哀想にな」なんて失礼極まりないことを言いかねないからである。

ダグラムがそれを失礼だと思っていないことが一番問題なのだが。

「……分かりました。ああ、あと」

「まだあるのか……何だ」

国王は頭を抱える。何だか頭痛までしてきた。

「ひと月ほど前、オルレアンの国王が来訪した際のことですが――何故カリクス・アーデナーの名前が出ていたんですか？　それも何度も何度も」

「……⁉　お前盗み聞きしていたのか‼」

「人聞きの悪い。気になったので扉の前で聞いていただけですが」

「それを盗み聞きと言うんだバカモノ‼」

声を荒らげる国王と、はぁ……と大きなため息をつくメシュリー。

しかしダグラムの暴走は止まらない。

「アーデナー卿はオルレアンとは一切交流が無いはずでは？　それなのに名前が出るなんて何かやましいことがあるようにしか思えません！」

「物事を断片的にしか見ていないお前が余計なことをぬかすな‼　良いから忘れろ‼　あと盗み聞きは二度とするな‼」

「衛兵！」と国王は声を上げると、ダグラムを部屋の外にやるよう指示を出す。

流石にやりすぎかもしれないが、こうでもしないとダグラムは部屋から出ていきそうになかったので致し方ないだろう。

無理矢理部屋から追い出されたダグラムは、雑に衛兵の腕を振り切ると、ドスドスと音を立てて廊下を歩く。

「おかしい……絶対におかしい……」

あの『悪人公爵』にいきなり婚約者ができ、社交界にまで参加することも。その婚約者が伯爵家から格下の子爵家に養女となり降爵することも。関わりのないはずの大国オルレアンとの外交でカリクスの名前が出ることも。

「そうか……そうか分かったぞ……!!」

おかしいと思ったのは以前のお茶会の際『秘密の花園』で話したときのこと。突如サラは顔が真っ赤になったり真っ青になったりと落ち着かない様子だった。

それも全てこういう理由だったのだと考えれば辻褄は合う。

「カリクス・アーデナー。貴様の秘密、私が大勢の前で暴いてやる!!」

手紙を書いた頃には確信はなかったが、ようやく今、この瞬間、間違いないとダグラムは断言できた。

「サラ……!!　今助けてやるからな……!!」

ズンズンと、床を踏みしめる足取りは軽い。ダグラムはひと月後の舞踏会が楽しみで仕方がなかった。

サラ、カリクスとデートに行く

「レッスンは卒業ですわ」と太鼓判を押されたのは、ミシェルにダンスを教わり始めてから二週間後のことだった。

サラはあれからめきめきとダンスの質が上がっていった。

それはもうミシェルの予想を遥かに超えて、つい二週間前にセミナに召喚とまで言われたものとは全く別もの——誰が見ても見惚れるほどのクオリティになっていた。

「と、いうわけで明日は一日予定が空きましたよサラ様!!　どうされますか?」

レッスンが前倒しで終わったので突如空いた予定。仕事に明け暮れようかと思っていたが、セミナに確認するとどうやら今急ぎのものはないらしい。

うきうきとした様子でカツィルが尋ねてくるので、サラはどうしようかと頭を悩ませる。

「サラ様、ちなみに旦那様は明日、午後から空きがあるようですが」

「えっ、本当?」

素早く手帳を確認したセミナは「間違いありません」と力強く言ってのける。何だか圧が凄い。

最近忙しかったカリクスもようやく一息つけるのかと安堵したのも束の間、カツィルは満面の笑みでさも当たり前のように言ってみせた。

「では明日はお二人でデートですね！」

◆◆◆

次の日の午後。

「まさか君からデートに誘われる日が来るとは夢にも思わなかった……」

カツィルに言われたので勇気を出してカリクスをデートに誘ったのは、昨夜の夕食のときのことだ。口をあんぐりと開けて驚かれたのは記憶に新しい。

表情が見えないサラは「旦那様が驚いて大口を開けております」とセミナに懇切丁寧に説明されたとき、想像して笑ってしまいそうだった。

「その、デートと言ってもお買い物に付き合っていただきたいだけなのですが……」

「それを世間ではデートと言うんだろ。さあ早く行こう。――セミナ、カツィル、それとヴァッシュ、留守は頼んだぞ」

「「「行ってらっしゃいませ」」」

つまるところ、付いて来るなよという念押しである。

サラにはその意図が分からなかったが、久々に街に出かけられることと、カリクスとゆっくり過ごせることに胸が高鳴る。

流石に今回はデートという言葉に、サラは疑問を持たなかった。

馬車に揺られているといつの間にか王都に着いていた。

以前はアーデナー領を視察という形で回ったが、今回は舞踏会で貴族たちの話に遅れないように、という理由もあって王都を選んだのだった。

貴族たちというのは流行《はや》り、最先端というものに詳しいのである。

「わぁ……凄いですわ……」

カリクスに手を差し出されて馬車を降りれば、そこにはまるで異世界が広がっているみたいだ。

数ヶ月前まで伯爵邸に引きこもっていたサラからしてみれば、アーデナー領の街を見るのも夢のようだったが、王都はまさに別次元だ。

商売人の数も街を行き交う人の数も、商品の種類も舗装された道路におしゃれな街並みも、全てが新鮮だった。

「カリクス様っ、どのお店を見ましょう……!?」

「君が好きなところに行くと良い。付き合う」

「ありがとうございます……！　けれど、それでカリクス様は楽しいのですか……？　私ばかり良い思いをしている気が……」

「ん？　私はサラが子供みたいにころころ表情を変えて喜んでいる姿を見られて役得だから問題ない」

「ま、またカリクス様は……そういう、ことを……」

こう思い返すと、カリクスは出会ってすぐのころからベタベタに甘やかしてくる気がする。

今更ながらそんなことを感じたサラだったが、口に出すのもそれはそれで恥ずかしく、心に留めた。

「ああ、だが――」

なにか思い出したように言うカリクス。サラはツン、と触れた指先に意識を奪われる。

「いくら楽しくてもこの手は離さないように。迷子になられたら困るからな」

「そこまでご心配なさらなくても大丈夫、ですわ……っ」

「どうだか。……とりあえず行こう。時間が勿体ない。せっかくサラから誘ってくれたデートだからな」

「また……そういう……!!」

ややグイと引っ張られ、サラの薄ピンクのワンピースがひらりと靡《なび》く。ミルクティー色の髪の毛はハーフアップに結われていて、カリクス曰くまるで妖精のよう、らしい。

おそらく何を着ていてもそう変わらない結論に至るのだが。両想いだと分かってからはそれがより顕著だというだけで。

「カリクス様……キラキラでヒラヒラですね……」

「ドレスだからな」

サラは町一番と評判のドレスショップに入ると感嘆の声を上げる。

普段も公爵邸に来てくれる仕立て屋の一流のドレスは見ているし、もちろん着用して素晴らしさは実感しているのだが、こうも数が揃うと圧巻だった。

店主はサラたちを見るとドレスを買ってもらいたいがためにごまをするようにして近づいてくるのだが、サラのドレスを見る様子に目を見開いた。

「この生地はマギラ帝国からの輸入品ですわね……こちらのレースは確かご令嬢たちの間で大人気だとか……あ、この青いドレスのデザインはエスペリオ国伝統のもの……実際見るのは初めてですわ」

「お、お客様お詳しいですね……!!」

「ありがとうございます。少しばかり勉強しただけです」

「サラは偉いな」

「そんな……！　私はこういうものには疎いですから、少しでも勉強して手で触れて、知識をきちんと落とし込まないと。……あら？」

サラはエメラルドグリーンのドレスの装飾を見ると、ピタリと手を止める。

努力をし続けることを当たり前のように出来るのは凄いんだが、とカリクスは思いながら表情を緩める。努力を惜しまないところがまた、サラの魅力の一つだった。

しかしそんなとき、ハッと店主の表情が変わる。

「……貴方様は……！」

カリクスがサラの方に身体を向けたことで、店主の視界にカリクスの火傷が映ったらしい。

「あ、悪人公爵……!?　ヒィ……！　どうかご容赦を……！」

まるで化け物を見るような目でカリクスを見る店主。サラには声だけで想像は容易《たやす》い。

今までカリクスの前でここまでおぞましいという感情を向けた者を直接見たことはなかったサラは、悲しみと怒りのようなものが混ざりあった感情がこみ上げる。

ただ顔に火傷があるだけで赤の他人に恐怖の対象にされて、自分だったらどう思うかと、どうして考えないのだろう。

カリクスはまたか……といった様子で慣れているみたいだったが、これは慣れて良いことではないと思った。サラは、カリクスが傷付くことに慣れてしまうのが嫌だった。

自分を救ってくれたように、悲しかった気持ちや苦しかった気持ちを溶かしてくれたように、サラはカリクスを――。

「ねぇ、このエメラルドグリーンのドレスなのだけれど――」

いつもより数段低いサラの声が、恐怖する店主の耳に届く。

店主はカリクスを警戒し、そして怯えながらも、サラに視線をよこした。

「な、何でしょう………？」

「散りばめられている宝石だけど、これ偽物よね」

「!? そ、そんなはずは……！」

「見たらわかるわ、輝きが鈍いもの。鑑定人に見てもらったほうが良いわね。ああ、そうそう。貴方――人の顔を見るくらいなら商品をきちんと見た方が良いと思うわ」

「ぐぬぬ………っ」

威圧感は意図的に出してはいない。ただ冷静に、声の抑揚はできる限りなくして、相手の目をじっと見つめる。そこに皮肉を込めれば相手は表情を歪め、ことがうまく進む。

昔読んだ本に書いてあった交渉を上手く進める方法を覚えていたサラはそれを実行する。

店主の声色により、思っていたより上手くいったみたいだが、サラの心は晴れなかった。

サラは別に相手の悔しがる姿を見たいわけではなかったから。ただ、さも当たり前のように恐怖の対象として扱うことがどれだけカリクスを傷付けるのかを、知っていてほしかっただけだ。

サラは普段通りの柔和な表情に戻ると、コツコツと音を立てて、店主と距離を縮める。

「ごめんなさい。意地悪な言い方をしましたね」

「あ、いや……その……」

本当に同じ女性なのかと疑いたくなるほどの変わりように、店主は驚く。

声を荒らげるわけでも、表情を歪めるわけでもなかったというのに、この纏うオーラの違いに、店主は息を呑んだ。

「カリクス様は火傷がありますが、とてもお優しくて素晴らしいお方です。むやみに人を傷付けたりもしません。ここに来てから、何か無作法がありましたか？」

「いえ……それは………。お客様に対して無作法を働いたのは私の方でございます……。申し訳ありません」

頭を下げる店主の姿に、サラはちらりとカリクスを見る。

カリクスは苦笑しながら、ぽんと店主の肩に手を置いた。

「謝罪は十分だ。気にしなくて良い」

「なんと慈悲深いお方だ……ありがとうございます……！」

深いお辞儀に、カリクスは「大丈夫だから」と繰り返す。しかしその声は何だか少し嬉しそうにも聞こえる。

「お詫びにとっておきのものを取ってきます!!」と店主が店の奥に入っていったのを確認するとカリクスはスッとサラの頬へと手を伸ばす。

きゅっ、と柔らかい頬を摘まんだ。

「慣れていると言っただろう？」

「慣れて良いことではありません……っ！　カリクス様はとっても素敵な方なのだと、私はこの世界の全員に知ってもらいたいですわ……！」

「世界。それはまた大事だな」

手を離し、ははは、とカリクスは声を上げる。サラもつられるようにしてふふふと笑うと、カリクスは先程話題に上がった疑惑のドレスに手をかける。

「話は変わるが――このドレスの宝石が偽物だとよく分かったな」

「以前宝石商に詳しく教えていただきまして、これは一目瞭然だったので分かりました。精巧な模造品なら分かりません」

謙遜していたが、カリクスは十分に凄いとよしよしと頭を撫でると、サラは嬉しそうに「えへへ」と少し得意げだ。

少しずつ自分の能力を素直に認められるようになったサラが、カリクスはどうしようもなく嬉しかった。

ドレスショップを出てからは靴屋にジュエリーショップ、王都で人気のレストラン――淑女たちの話題に上がりそうなところを転々としたサラたちは軽めの昼食をとった。

それからは手を繋いで王都の街並みを堪能し、サラの目的であった買い物にカリクスは付き合うことにした。

「――使用人たちに贈り物？　確かに、以前給料の話になったときにそんなこと言っていたな」

「はい。この数ヶ月でいくらか貯まりましたので、皆さんに恩返しです……！」

「喜ぶだろうな。それで、何を贈るのかは決まっているのか？」

「大体の人は決まったのですが……一人だけ…………」

「誰だ？　私で良ければ相談に乗るが」

カリクスにギュッと手を握られているサラは、うーんと唸る。

相談に乗ってほしいのは山々だが、言えないというか何というか。

「お気遣いありがとうございます。でも一人で考えてみますわ……！　あ、とりあえずあのお店に入りたいです……！」

「ふ、分かったから落ち着け」

それからサラはセミナを始めとしてカツィルやヴァッシュ、トムやマイクといった使用人たちと、いつも仕事でお世話になっている家臣たちにどれにしようかと悩みながら様々な品を買っていく。

ファンデッド家にいた頃は給料なんて貰っていなかったので、サラは自分で稼いだお金で買い物をする楽しさを知らなかったが、こんなに楽しいなんて。相手の喜ぶ顔を想像しながらの買い物は、サラの表情をふにゃふにゃに緩ませた。

「――羨ましい」

「え？」

それはヴァッシュへの贈り物を選んでいたときだった。おもむろにカリクスがそう言うので、サラは小首をかしげる。

「サラからの贈り物が貰えるヴァッシュたちが羨ましい」

「えっと、あの……？」

「サラ、私は拗ねているんだ――済まない」

表情では分からないので困っているサラに打ち明けるカリクス。

サラはパーツとしては見えるので、カリクスの耳が真っ赤になっていることに気づくと、自身の顔がぶわりと熱を持つのが分かった。

（カリクス様が拗ねて……照れて……いらっしゃる……！　か、可愛いわ……っ！）

これはレアだと、サラは大きな目でじーっとカリクスを凝視する。

表情が分からなかろうが、今のカリクスは見なければ損だと本能が告げた。

今見られるのは恥ずかしいカリクスは、サラの目を自身の手で覆うようにして視界を閉ざす。

「見ないでくれ。格好悪い」

「ふふ、見えていませんよ……？」

「いや、サラはちゃんと見えているよ。私より良い目を持っているから」

「そうですか……？　ではこの手を退けていただいて……」

「それはだめだ。諦めてくれ」

それからサラは手を退かそうと顔を動かしたりカリクスの手を掴んだりと思案するが、視界を奪われているため叶うはずがなかった。

店内の周りの客たちは、そっと二人から視線を逸らしたのだった。

買い物が終わると、サラは片手に大きな荷物、片手にカリクスの手と幸せで胸がいっぱいだった。

カリクスはというと、どうしても持たせてもらえなかった荷物によって片手が手持ち無沙汰だ。

「それだけあると重いだろう。私に持たせてくれ」

「いえっ、これはだめなのです……！　贈り物は自分のお金で買って、自分で持って帰って、手渡すところまで全てが楽しいのですわ……！　どうか私の楽しさを奪わないでくださいね……？」

「…………」

そんなふうに言われたら、カリクスは手出しできなくなる。

それでも荷物を持つサラの腕がぷるぷると震えているのでどうしたものか。

いっそのことサラごと抱えてしまえばどちらの要望も叶うのでは？　とカリクスは思ったが、流石に自重した。ここがアーデナー領地だったらやりかねないかもしれないが。

夕方になり、少しずつ人通りが少なくなっていく中で、カリクスはとある店の前で足を止める。

一瞬頭を悩ませてから、済まないが、とサラに話を切り出した。

「買いたいものがある。少し時間がかかるかもしれないから、あそこのベンチで座って待っていてもらっても良いか？」

「はい、もちろんです」

カリクスが店の中に入ると、指示通りサラは荷物を置いてベンチに腰を下ろ——さなかった。

（一人になれたわ……！　これでカリクス様に贈り物が買える……!!）

今日一日買い物に付き合ってもらったことにより、カリクスの好みを把握できたサラは、急ぎ目当ての店に行こうと歩き出す。

カリクスが贈り物を貰えないと拗ねていたとき、サラは貴方にも買いますよ！　とどれだけ言ってしまいたかったか。

必死に我慢し、カリクスの珍しく照れた姿を見られたのはラッキーというものだろう。

後は内緒で買い物を済ませ、屋敷に戻ってから渡すだけだ。

（カリクス様驚くかしら……喜んでくださるかしら……！）

荷物の重さなんて忘れたように、サラは飛び跳ねるようにして目的の店へ向かう。

だがしかし、およそ店まで残り数メートルというところでサラの足はピタリと止まった。

——おやめなさいっ！　離しなさい……！

やや遠くから聞こえる女性の声。おそらくカリクスがいる店の反対側の路地からだ。

何者かに襲われていると想像するに容易いその声に、サラは荷物をどす、と地面に離した。

「……っ、助けなきゃ……！」

それはまさに無謀な行動だった。カリクスのように腕っぷしが強いわけでも、地位や権力があるわけでもない。

ただサラは家族の狂気からカリクスに助けてもらったときの安堵感を思い返すと、見ず知らずの女性のことを放っておけなかった。

サラは必死に走って、路地の入口に辿り着くと現場を目にする。

目深に帽子を被った綺麗な装い、立ち姿で分かる気品、相手に対して下手に出ない話し方に、サラは一瞬にしてある程度身分が高い女性だと察する。

そんな女性を壁際に追いやるようにして囲んでいる二人は服装からして男性だ。

明らかに平民——いや、ならず者と言って良いだろう。

サラは肺を膨らませるように大きく息を吸う。力がないサラには、これしか思い付かなかった。

「憲兵！！！　早くこちらに来なさい!!　御婦人が危ないですわ!!」

「なっ、憲兵だと……!?　こんなに早くにか!?」

早く早くと言うように、サラは先程まで自分がいた方向に手招きする。

もちろん——憲兵を呼んだなんて嘘だ。

それでもこれでならず者たちが引いていくことは十分考えられるし、サラが身体一つで飛び込むよりは女性を助けられる見込みがあった、のだが。

「いやいやっぱりおかしーぜ!!　でまかせじゃねぇか!?」

「いくらなんでも早すぎだしよ!!　あの女も捕まえちまうか!!　スゲー上玉だしよ!!」

ならず者の一人がザッザッと近付いてくる。

今ならばまだ、逃げ出せばどうにかなる。自分だけならばカリクスの許へ無事帰れる。

（けれどそうしたら……あの女性は……！）

サラは家族に罰を下すと決めてから強くなると決めた。カリクスが守ってくれたように、自分も守れるくらい強くなりたいと思った。

サラの心臓はゆっくりと鼓動する。覚悟を決めると、何故だか微睡《まどろ》んでいるときみたいに体の力がフッと抜けたのだった。

「止まりなさい」

「……！」

制止の言葉に従う必要はないのに、男はピタリと立ち止まる。

この女には逆らってはいけないと、遺伝子が感じ取ったのだった。

「そちらの御婦人を離しなさい、今すぐに。これは頼みではありません。命令ですわ――何をしているの。早くなさい」

「はっはい！　……って、あれ？」

何かで脅されているわけでもないのに、どうしてだろう。

表情も声も、それほど威圧的ではないのに、男たちはサラの言葉に逆らうことができない――否、逆らうという選択肢を持ってはいけないと感じたのだ。

ドタバタと、ならず者たちが去っていく足音が遠ざかっていく。

サラは良かった……と安堵し、その場に座り込むと聞き慣れた声で名前を呼ばれ振り向いた。

「カリクス……様………」

「大丈夫か……‼」

カリクスは慌てて座り込むサラに衣服の乱れや怪我が無いかなどを確かめると、とりあえず問題が無さそうなことにホッと胸を撫で下ろす。

カリクスがサラの肩を掴む手に、僅かに力が入った。

「それで、どうしてこんなことに」

「えっと……実はそちらの女性が男たちに――って、あれ？」

「女性……？」

サラはカリクスから先程までいた女性の方に視線を移すが、すでにその姿はない。ならず者が逃げていってからすぐさまこの場を後にしたのだろう。

サラは別に女性が動けるくらいに元気ならばそれで構わないので、深く考えることはなかった。

ぼんやりと路地を見つめるサラに、カリクスはずいと顔を近付ける。サラはピクリと体を揺らした。

「い、一応人助けを……ですね……」

「別にそれは疑っていないし、大体の事情は読めた。立派なことをしたと褒めてやりたいが――だめだ。帰ったら仕置きだ」

「お仕置き……っ⁉」

「――いや、帰ってからでは手緩《てぬる》いな。今からにするか」

「えっ、きゃあっ……‼」

どうやらここに来る途中にサラの荷物を発見し、持ってきたカリクス。

それを白くて小さい手に握らせると、間髪を容れずサラを横抱きにした。いわゆるお姫様抱っこに、サラの顔は真っ赤に染まった。

パタパタと弱々しい力で足を動かして拒絶の意を示すが、カリクスは何食わぬ顔で歩いていく。

「お、降ろしてくださいカリクス様……！」

「荷物は君が持っているのだから問題ないだろう。これに懲りたら無茶はしないことだ」

「っ…………はい……気をつけます……」

カリクス、酔っ払う

屋敷に戻ってくるといつも温かく迎えてくれる使用人たち——しかし今日は。

「サラ様、しばらく外出禁止ですね。ね、ヴァッシュ」

「そうですなぁ、ほほほ。もっと御身を大切にすることを覚えてからですな。そう思いませんかカツィル？」

「今回ばかりは……！　サラ様がいけません……！　ああ～でも……いやいや、私はサラ様につけません!!　薄情者だと言われても——言わないでほしいですけれど……！　いややっぱり——」

「カツィルはサラ様が危険な目にあっても良いと。へえ、そうですか」

「ちちち違います……！　サラ様外出禁止です!!」

セミナの容赦ない言葉に、カツィルは完全にあちら側についたらしい。

屋敷に帰った直後、カリクスが帰りの馬車で聞いた今日の詳細をヴァッシュに耳打ちすると、直ぐにサラは使用人たちにお叱りを受けることとなった。

カリクス曰く、使用人に叱られるのが最もサラの心に響くだろうという考えらしい。いつも優しい人間に怒られると精神的に効くだろうと。

その考えでいくとカリクスが怒っても反省を促せそうだが、それに関しては一つ問題がある。

カリクスがサラに甘過ぎるからである。ごめんなさいと謝られ、瞳を潤々《うるうる》とされたが最後、次は気をつけろという言葉を言う自信しか無かった。

つまり今回、カリクスは他力本願だった。

「ごめんなさい……きちんと反省するわ……皆に心配をかけたくないもの」

しかし思惑通り、サラは心底反省しているらしい。理由も理由なのでこれ以上追い打ちをかけるのは可哀想だと判断したカリクスは、サラの持っている荷物を指さして彼女の顔を覗き込む。

「これ、早く渡さなくて良いのか」

「あ……でも……」

「反省することとこれは別物だ。……渡すの、楽しみだったんだろう？」

「……はい、それはもう………」

おずおずと、サラは眉尻を下げたまま大きな荷物から小さな箱を三つ取り出す。

まずはこの屋敷一番の功労者であるヴァッシュに、と木の箱を手渡す。

「これは……」

「いつもお世話になっているお礼に、ちょっとした物だけれど贈りたくて……」

「それはそれは……有り難く。開けても宜しいですかな？」

「もちろん」

ヴァッシュが開けている最中、サラは続いてセミナとカツィルにも小さな箱を手渡す。

青いリボンが付いているのがセミナ、ピンクのリボンが付いているのがカツィルのものだ。

「ありがとうございますサラ様」

「サラ様……！　ありがとうございますっ‼」

「こちらこそいつもありがとう。気に入ってもらえるかは分からないけど、よかったら開けてみて」

二人同時にシュルリとリボンを解く。セミナの箱の中にはコバルトブルーのピアス、カツィルの箱の中にはライムイエローの髪留めが入っていた。

「綺麗な石のピアス……。こんな素敵なものいただいて良いんですか？」

「私の髪留めは蝶の形に細工してあります……！　とっても可愛いです……！」

「いつもお世話になっているから、恩返しがしたくて……二人のイメージで選んだの。もし気に入ったら着けて見せてね」

「家宝にします。毎日このピアスに祈りを捧げます」

「私も‼　家宝です家宝‼　勿体なくて着けられませんわ‼」

「あ、あら……？　そんな高価なものじゃないから気にせず着けてね……？」

キャッキャと楽しそうに話す三人を余所目《よそめ》に、ヴァッシュは箱を開けると中身の懐中時計を手に取る。

以前そろそろ新しいものをと呟いたことがあったので、どうやらそれを聞いていたらしい。

ヴァッシュは誇らしげな顔でそれをカリクスに見せた。

「いやはや使用人に贈り物とは、なんとも優しいサラ様らしいですなあ。嬉しいものです」

「それは良かったな」

言葉とは裏腹に、ぶす、と不貞腐れた様子のカリクスにヴァッシュはほっほっほっと軽やかに笑う。

「――して、旦那様には何が贈られるのでしょうな？」

「お前……それは嫌味か。分かって聞いているのなら、相当性格が悪いと思うが」

「それは失礼いたしました。旦那様の反応があまりに素直でしたのでつい」

「何がつい、だ」

ヴァッシュは失礼ながら、と前置きしてカリクスの肩にぽんと手を置く。

同情を一切隠さないヴァッシュの行動に、カリクスはサラに気付かれないようにため息をついた。

◆◆◆

使用人や家臣たちに贈り物を配り終え、食事や湯浴みも終えたサラはメイドたちを下がらせた。

（皆から怒られてしまうだろうけど……今日は良い日だったわ……。あそこまで喜んでくれるなんて思ってもみなかった）

アーデナー邸の使用人や家臣たちは優しい人ばかりだ。贈り物をすれば喜んでくれることは簡単に想像できた。

しかしセミナやカツィルは家宝にするとまで言ってくれて、中には涙ぐむ者までいた。皆のそんな様子を知れたサラは、おそらく一番の果報者だ。

（けれど……うん、考えたって仕方がないわね……！）

一つだけ心残りがあるとすれば、カリクスへの贈り物が買えなかったことだ。驚く顔が見たかったが、事情が事情のため悔いるのも違う気がする。

サラは気分を変えようと自室から園庭へと足を運んだ。

普段夜に来ることはないので、まるで知らない場所へ迷い込んだ感覚だった。

月明かりに照らされて、花が風で揺れてキラリと光ったように見える。

どうせなら月光の下で花を観賞しようかとベンチに向かって歩けば、先客がいることに気付いた。

漆黒の髪は、月明かりに照らされて美しい。

「カリクス様、こんばんは」

「!?　……サラ、どうして君がここに」

後ろから声をかけると驚いて振り返るカリクス。

サラが彼の目の前まで歩いて立ち止まると、カリクスの右手にある瓶に目がいく。どうやらお酒らしい。

「珍しいですね……カリクス様が夕食後にお酒を嗜むなんて」

「――今日は飲みたい気分だったんだ」

サラは危険な目にあうし、贈り物はもらえないし、ヴァッシュには同情されるし。酒を呷《あお》りたくなるのも無理はないだろう。

もちろんカリクスが理由を語ることはないのだが。――と、いうのは素面《しらふ》のときの話で。

珍しく酔っ払ったカリクスはいつもより饒舌で、そして枷が外れやすくなっていた。

「全員狡い。私はサラから何も貰っていないのに……。私も……欲しい。サラからの贈り物が欲しい。欲しい。欲しい」

「カッ、カリクス様……？　酔ってらっしゃいますよね⁉」

「それが何だ、これが本音だ。――あんな危険な目にあわせるくらいなら、君を外には出さないようにしようかと平気で考えるくらい君のことが好きなんだ。仕方がないだろう。……情けないが、使用人たちに嫉妬するくらいサラが――愛おしくて仕方がないんだ」

「〜〜っ‼」

　酔っ払っていても顔にはあまり出ない質《たち》らしい。

　いきなりのことにサラは戸惑い、月夜の下でも簡単にバレてしまうほどに顔が赤くなる。

　カリクスは普段よりややとろんとした瞳で、サラをじっと見つめる。

「私はサラに贈り物を買ったのに。――ほら、これだ。いつでも渡せるように持ち歩いていた。君の喜ぶ顔が早く見たくてふたりきりになれるのを狙っていたが、代わる代わる使用人や家臣たちが君のところに来てお礼を言うから邪魔も出来ないし……。サラの優しいところは長所だが……やはり考えものだ」

　ずい、と伸ばされた手の先には小さな箱がある。おそらくこれがカリクスの言う贈り物なのだろう。

「ん」と言いながら腕をピンと伸ばし受け取れという合図に、サラはそれにおずおずと手を伸ばす。

「開けてみてくれ」

「はっ、はい……！」

　ピンクゴールドのリボンを解いて、艶のある小さな箱を開ける。

「わぁ……！　可愛い……！　お花のモチーフのネックレスですね……!!」

「気に入ったか？」

「はい……！　とっても！　ありがとうございますっ！」

「ふ、それなら良かった」

カリクスは機嫌が直ったのか、自身の隣のスペースをポンポンと叩くとそこにサラを誘う。

そのままカリクスは、するりと白くて小さな手からネックレスを優しく摘まんだ。

「着けたところが見たい。髪を上げてくれ」

「は、はい……！」

サラは片手で髪を上げると、カリクスに背中側を向ける。

露わになった項にカリクスは一瞬くらりとしたが、そこは理性を保ってサラの首にネックレスを付けた。

「出来た。こっちを向いてくれ」

「はい。……どうですか……？」

「──ああ。凄く可愛い」

「……っ」

なんとなくネックレスではなく顔を見て言っている気がして、サラは俯く。

「ネックレスが、ですよね……？」

「……サラならたとえ何を着けても美しいが……そうだな。どちらも、と言っておこう」

「カリクス様……酔い過ぎですわ」

「もう酔いは覚めた。本心だ」

だとしたら、ことさら質が悪いのだけれど。

思うだけで口に出さないサラは、ふわふわとした心地よい感覚に思考が鈍る。

お酒なんて一滴も飲んでいないというのに、カリクスにあてられたのかもしれない。

「カリクス様……」

お酒のせいでほんの少し熱を帯びているカリクスの頬に、サラはピタリと触れる。

指の腹で優しく撫でると、サラの視線と指の体温、月夜という状況も重なってか、カリクスは底のほうからじりじりと興奮が迫るのを感じた。

サラが口を開こうとしたとき、カリクスはゴクリと生唾を呑んだ。

「実は私も……カリクス様に贈り物を買おうとしたのですわ。その……トラブルがあったので買えなくて……言い訳になってしまって申しわけ――」

「待て、私にも贈ろうとしてくれたのか？」

「えっ、あっ、はい……っ！　その、驚かせたくて秘密にしていたのです……」

「…………」

一息おいてからはぁ、とため息をつくカリクス。

言い訳をして呆れさせてしまったのかとサラが不安に駆られると、カリクスは頬にあるサラの手にそっと自身の手を重ねた。

「サラがそう思ってくれていただけで十分だ。ありがとう。……むしろ謝りたいくらいだ。酔っていたとはいえ……目もあてられない」

「えっ？」

「嬉しい」

そういうカリクスにサラは頭を振る。

本音をさらけ出してくれたことは本当に嬉しかったし、品を用意できなかったのも事実だ。サラは今、自分ができる何かを、カリクスに返したいと思った。

「その、贈り物は直ぐには用意出来ませんが……私に今、してほしいこととか、ありませんか……？　何でもしますから……っ」

「………何でも？　本当に良いのか」

「はい、もちろんですわ……！」

どんと来いといったような口ぶりのサラに、カリクスは呆れ顔だ。

好きな女性に何でもするなんて言われて、邪《よこしま》な気持ちが浮かばない男なんていない。

「それなら——サラの初めてが欲しい」

カリクスの言葉をサラは脳内で反芻《はんすう》する。

初めてと一言で言っても範囲が広すぎて難解ではあったものの、すぐさまこれだというものが見つかる。

サラは「分かりました」と力強く告げると、驚いたカリクスの手をぱっと掴んだ。

カリクスはサラの前向きな姿勢に、初めての意味を理解されていないことを悟るのは容易かった。

「カリクス様に、ファーストダンスのお相手になってほしいのです……！」

「ファーストダンス」

ファーストダンス——社交界デビューを果たす際、舞踏会の始まりに踊るダンスのことだ。

一応キシュタリア王国では、ファーストダンスの相手は自由に選べず、王族と踊るということになっている。もちろんデビューの人数が多ければその限りではない。

現に今回の舞踏会ではデビューを果たすのは三人と少ないので、サラは王族と踊ることになるという旨の通達があったのだが。

サラも通達があったことを知っているので、つまり——。

カリクスはサラの手をきちんと取り直すと、片膝を突いて頭を下げる。

サラの指先に優しく触れ、手の甲に薄い唇が触れた。

「私と踊って頂けますか？」

「はい……っ、もちろんですわ……！」

本来カリクスが貰おうと思っていた初めては意味が違う。正直邪な意味で伝えていた。

カリクスは最近サラに対して煩悩が暴走しているのである。

だからこそサラの提案——ファーストダンスは逆に良かったのかもしれないと思う。

カリクスはサラの腰をホールドし、ゆっくりと動き出す。

音楽がないのでリズムを取るのは難しかったが、不思議なことに二人の息はピッタリだった。

「カリクス様……お上手ですわね」

「サラも、始めて二週間とは到底思えない。良く頑張った」

「えへへ……お褒めに与り光栄です」

くしゃりと笑うサラに、カリクスは胸がじんわりと温かくなる。自分が贈ったネックレスを着けているサラがより一層愛おしく思えた。

月明かりの下、庭園で見つめ合いながら二人は舞う。

装いはラフで、会場は外で、音楽さえ流れていないけれど、まるで二人を囲む花々が祝福しているようだった。

◆◆◆

ついに訪れた社交界デビューの日は朝から大忙しだ。

改めて舞踏会の流れを把握し、サラはそれを徹底的に頭に入れ込む。

それからはセミナやカツィルを含めたメイドたちに手伝ってもらってエステにトリートメント、香油を使って全身に香りを纏わせた。

数日前に手元に届いたデビュタント用のドレスに身を包み、メイクと髪の毛のアレンジを済ませればほとんど完成だ。

鏡越しに見るセミナたちは、仕上がったサラを見ては一斉に感嘆の声を漏らす。

「サラ様、正直今までで一番凄いです」

ない。

「す、凄い……？」

髪やメイクは全ておまかせなうえ、サラは自身の顔も分からないので凄いと言われてもピンと来ない。

適当に「ありがとう……？」と伝えれば、はあ、とため息をついたセミナが早口でまくし立てた。

「今日のサラ様はいつにもまして美しくその姿はまるで蝶であり花であり旦那様に言わせるとおそらく妖精であり誰もが振り返る美しいご令嬢で危機感を持ちませんとどんな輩に声を掛けられるかと不安になりますええもちろん旦那様が付いているので大丈夫だとは思いますがサラ様も自身の美しさを存分に理解してくださいませんと――」

「わ、分かったわ……!!　分かったわセミナ!!」

一切息が乱れないセミナの肺はどうなっているのだろう。

そんな疑問も持ちつつ、サラは苦笑を見せる中、カツィルがしみじみと呟く。

「着飾ったからというだけではなく、以前より本当に美しくなりましたね……サラ様。旦那様に愛されているから、でしょうか」

「そ、それは………」

ごにょごにょとサラは口籠る。否定をせずに沈黙ということは、つまり肯定と同じことだ。

いくらサラでも、カリクスに愛されている自覚は有るらしかった。

仕上げにアクセサリーを着けようと話を切り出したのはセミナだ。もうそろそろカリクスも身支

度を終えエントランスで合流する運びとなっているため、少し急がなければとサラにどれが良いか提案していく。

そんな中でサラはおずおずと自身の仕事に使うテーブルを指さすと、引き出しの中に入っている箱を取ってほしいと頼む。

カツィルはそれを取るとサラに手渡し、中を取り出した。

「確かドレスはデビュタント用のものって指定があったけれど、装飾は自由よね？」

「はい。その通りです」

「じゃあ、ネックレスはこれを着けてほしいの」

「これは――」

華奢なゴールドのチェーンに、花のモチーフが付いたネックレスだ。

花弁の部分がミルクティー色で、中心にはアッシュグレーの宝石が埋まっている。

一瞬でこのネックレスの送り主も、このネックレスにした意図も理解したセミナとカツィルは無言で同時に目を合わせた。

口を開いたのはセミナだった。

「一応確認ですが……このネックレスは旦那様に贈られたものですよね？」

「え!?　セミナってやっぱりエスパーなのね！　凄いわ……！」

「いえ。これに関してはカツィルももちろん、屋敷のものなら全員分かるかと」

「どういうこと……？」

領地経営の知識はもちろん、サラは社交界の知識についても聡い。今やダンスも出来るようになり、完璧な淑女と言えるだろう。

そんなサラでも男性からの贈り物を女性が身に着け、それがあるルールに伴ったものだと社交界においてどういう意味を表すのかは知らないらしい。

カリクスはおそらく知らないと分かっていて贈ったのだろうから、ことさら質が悪いとセミナたちは思う。

「その……単純に男性から女性にアクセサリーを贈るのは独占欲の現れなのですが」

「えっ⁉　そういうものなの……⁉」

「驚くのは早いです。このネックレスにはサラ様の髪の色のミルクティー、旦那様の瞳の色のアッシュグレーが使われていますよね」

「言われてみればそうね……それで……？」

セミナはサラから目を逸らし、明後日の方向に視線を向ける。

「この女性は既に身も心も自分のものだから手を出したら消すぞ、という意味が込められています」

「消す……⁉　そんなに物騒なの……⁉」

実際は『この女性には恋人や婚約者がいるので貴方の想いは叶いません』という意味だが、カリクスの意図としてはセミナが言った意味の方が近い。

ことサラに関してはカリクスの考えは手にとるように分かるセミナだった。

「そんなに物騒な意味なら着けない方が良いかしら……？」

ポツリとサラが不安そうに呟くと、セミナはブンブンと思い切り首を振る。

自身の表現のせいでこのアクセサリーをサラが着けないとなり、それがカリクスに知られたら、セミナには雷が落とされるだろう。それはもう間違いなかった。

表情にはほとんど出ていないが焦るセミナが珍しいのか、カツィルは口を出さずに見守る。

「旦那様はそのネックレスを着けて社交界デビューをするサラ様の姿を大変楽しみにしておりましたええそうですとっっってても楽しみにしておりましたので外してしまいますと悲しまれるかと」

「そうなの……？　……それなら着けようかしら……カリクス様がそんなに喜んでくださるなら」

そうして準備を終えたサラはエントランスにてカリクスと合流し――。

「今日のサラは一段と綺麗だ。……ネックレスも着けてくれたのか、嬉しい。良く似合っている」

「あ、ありがとうございます……っ！」

「舞踏会の間は外さないように。虫除けの役割もあるから」

「虫除け」

『消す』といい『虫除け』といい、今日のカリクスは普段よりも『悪人公爵』の面が表に出ているらしい。

サラはカリクスが『物騒』なことをしないように、気を引き締めなければと胸に刻んだのだった。

サラ、社交界デビューは波乱です

サラを含め、今回の舞踏会で社交界デビューを果たすのは三人だ。

順々に名前を呼ばれ、サラはカリクスのエスコートのもと入場した。

待ち構える紳士淑女から拍手で出迎えられ、サラは心臓が飛び出そうになるほど緊張したが、表情に出すことなく凛とした姿を見せる。

その姿に一同はほぉ、と声を上げた。

「美しい」「今まで見かけたことがない」「どこの令嬢だ？」とひそひそ話をする者も多く、サラの姿に注目が集まる。

年頃の令息の中にはサラに対して好意を持つものも現れる中、エスコートしている男を見るとゾッと顔が青ざめた。

——『悪人公爵』。そう呼ばれるカリクスに、サラに好意を抱きかけた男たちの淡い想いは崩れ去っていく。いくらなんでも相手が悪すぎるのだ。

家柄も、キシュタリアに対する貢献度も、腕っぷしの強さも、そして『悪人公爵』の名に違わぬその威圧的な瞳にも、太刀打ちできるはずがなかった。

「カリクス様……皆様の様子はどうでしょうか？　呆れた目で見られたりとか……」

「それはない。サラの美しさに見惚れている不埒な輩が一、二、三……数え切れないな」

「そっ、そんなことはないと思いますが……!?」

「ある。以前の茶会のときもそうだが――私の婚約者の美しさは罪だな」

「……っ」

しかし一方で、カリクスに対して向けられる視線は男性からの羨望や絶望を示すものばかりではなかった。

以前お茶会で貴族からの印象をやや上げたカリクスだったが、未だ怖がり、そして火傷痕を醜いと忌み嫌うものも多い中、サラに対して優しく微笑む姿に令嬢たちの目つきが変わる。

火傷痕にばかり目がいっていたが、よく見ればかなり整った顔だちをしている。

眉目秀麗と言って差し支えなく、背は高いし足はスラリと伸び、それなのにがっしりした肩幅に女たちはゴクリと生唾を飲み込む。

爵位は公爵、そして二十四歳という若さ――出会いを求めて舞踏会に参加している令嬢たちは、手の平を返したようにまるでハイエナのような目でカリクスを見つめた。

「私は……皆がカリクス様の良いところを沢山知ってくれたら良いと思う反面……ご令嬢たちの間で人気者になってしまうのが……その……心配ですわ……」

「……あまり可愛いことを言うな。私の理性を試さないでくれ」

「!? そそ、そんなつもりでは……」

「ああ、その可愛い顔も禁止だ。あまり他のものに見られたくない」

「注文が多いですわ……っ」

「それは失敬」

斜め上からいつものようにふ、と笑う声が聞こえ、つられるようにサラは照れながらも微笑みを浮かべて歩いていく。

王族たちが座る席の前につくとカリクスがエスコートを解いたので、サラは足を止めてゆっくりと頭を下げる。

スカートを摘まみ、美しいカーテシーを見せれば周りで歓声が大きく上がる。

その隣でカリクスも膝を突いて頭を下げた。

「顔を上げよ」

「はい」

サラはカリクスも顔を上げたのを確認し、前面に座る王族たちの姿を確認する。

顔は見分けられないが、事前にカリクスから説明を受けていたことと、立ち位置と服装で理解できたサラは、先程の声の主——国王陛下に向かって挨拶の言葉を述べる。

それからはつつがなく儀式が進み、社交界デビューを果たした証明である花を手渡される。その後ファーストダンスへ移ろうとする中「貴女……」とポツリと呟いたのは国王妃だった。

「あのときの——やっぱり、そうよね」

「私のこと、でしょうか……？」

明らかにこちらを向いて言っている国王妃。サラは何の話かはさっぱり分からないなりにきちんと対応したかったのだが、順番待ちの令嬢たちがいることだしと、気が付いていないカリクスにエスコートされたまま、その場をあとにした。

王族たちへの挨拶が終わると次に行われるのはファーストダンスだ。

ここでは今回社交界デビューを迎える三人が、王族と踊ることになる。一曲目はサラたち三人の令嬢と王族男性三人の合計六人だけでダンスを披露するのだ。

「サラ、君なら大丈夫だ。特に第一王子と第二王子はダンスが得意らしいから気負わなくて良い」

「……と、いうことは第三王子は……」

カリクスは頭を抱える。サラはその行動だけで聞かなくても大方の予想はついたのだった。

「とにかく転ばされないよう気を付けろ。足も踏まれないように注意だ。……そもそもダンスの流れを覚えているかさえ定かじゃない」

「…………」

「まあ、三分の一だからどうにか――」

小さな声で話すサラたちだったが、王子たちが上段から降りてくるので姿勢を正す。

王子たちは誰と踊るか事前に聞かされているので令嬢の前で片膝を突きダンスに誘うのだが――。

「おいサラ、踊ってやろう」

「……あ、ありがとうございます殿下……」

仁王立ちしたまま誘う、聞き覚えのある声とぶっきらぼうな物言いに、嘘でしょう……とサラは頬が引きつりそうになるのを必死に抑えて手を差し出す。

単純に確率の問題なのだ。諦める他なかった。

サラが今から無事踊りきれるかに意識を囚われている中、ダグラムがカリクスにこれでもかというくらいニヤリと微笑んでいる。

カリクスは事前にサラと夜の庭園にてファーストダンスは済ませてあったので、何食わぬ顔で見送った。

生演奏で音が奏でられると、サラはダグラムに身体を寄せた。

（こ、これは酷いですわ……っ）

踊り始めて直ぐに分かる。カリクスの言うとおり、ダグラムは超がつくほどダンスが下手くそだった。

ターンの部分では力加減せずに振り回してくるので危うく転びそうになるし、ステップでは何度も足を踏まれそうになる。否、既にもう何度か足を踏まれた。

サラの足はジンジンと痛み、顔を歪めてしまいそうになる。

（けれどここは社交の場！　カリクス様の隣に立っても遜色が無いと認めてもらえるように頑張らないと……！）

サラは笑みを崩すことなく、ダグラムの瞳を見つめる。

ダンスとはまず相手の目を見ること――ミシェルに教わったことの一つだ。

サラには顔が見分けられないけれど、パーツとしては見ることが出来るので、サファイアが埋め込まれたようなダグラムの瞳を食い入るように見る。

「見すぎだ!!　そんなに私の顔が格好良いか？」

「え……？　違います……あ」

「違う、だと？」

喋りながら踊るくらいならダンスに集中してほしいと心底思うのだが、ダグラムが明らかに声色を低くするのでサラは焦り始める。

（どうしましょう……！　つい……！　不敬だと言われてしまうわ……！）

しかしそんなサラの心配をよそに、ダグラムは「ハッハッハ」と声を上げて笑う。

「良い、そんな些細なことは許そう。貴様はあの『悪人公爵』――ペテン師に騙されている可哀想な女だからな」

「ペテン師……？」

ダグラムを何を以てして確信めいた物言いをしているかは分からなかったが、カリクスのことを言っているのは確かだった。

何かを誤解しているのかと、サラは詳細を確かめようとするのだが、ちょうど音楽が鳴り終わったことでその機会を失ってしまう。

（どういうこと……カリクス様のことをペテン師って……）

サラはダグラムと向き合い、いつもどおり美しいカーテシーを行うとちらりと周りを見渡す。

本来ならばファーストダンスが終わるとデビュタントの儀式は終了し、恒例の舞踏会と同じ流れになる。

ファーストダンスの相手となった王子たちも同様で、上段に戻るか貴族や各国の王族たちと見聞を広げるかだ。

しかしダグラムはどこにも行こうとせず、サラの傍から離れようとしない。嫌な予感がしたサラは、一刻も早くカリクスのもとに戻りたかった、のだけれど。

「あの、殿下。……私はこれで失礼し……っ⁉」

──グイッ。

突如、ダグラムに肩を抱かれてサラは大きく目を見開いた。

こんな大勢の貴族の前でこんなことをされてはどんな誤解を受けるか、考えなくとも分かる。サラはできる限りの抵抗をみせた。

「殿下お離しください……！」

「安心しろ。貴様のことは私が守ってやる。──あのペテン師からな」

「先程から何を訳の分からないことを……！」

必死に抵抗するが、肩に指が食い込むほどの力で抱かれて抜け出せない。

いっそのことヒールで足を踏んでしまおうかと思ったとき、ダグラムは大きく息を吸った。

「カリクス・アーデナー‼　さあ前に出てこい‼」

ダグラムが叫ぶ前からずんずんと足を進めていたカリクスは、返答せずにサラのもとへ足を進める。

慌てることはおろか、無言なところがまた恐ろしさを助長させており、周りの貴族たちは一体どうなるのかとひやひやした面持ちだ。

近くにいる第一王子と第二王子は二人して大きくため息をつくだけで、ダグラムを諫めようとはしない。

うちの馬鹿な弟がまたやらかしている……というくらいにしか思っていないようだ。

国王と国王妃、メシュリーもまた静観することに決めたらしい。これに関してはダグラムへの呆れはもちろん、カリクスならば上手く収めてくれるだろうと思っていたからだ。

――だがそれはサラが関わっていないとき、カリクスが冷静なときの話だ。

「その手を、離せ」

カリクスはサラたちの目の前に立つと、サラの肩を抱くダグラムの腕を掴み上げる。

「いっ、いててて……！！　不敬だぞ!!」

「知ったことか。私の婚約者に無礼を働いたのは貴殿だ。本当ならばこの腕をへし折ってやりたいぐらいだが――」

――ドンッ！

大きな音を立ててダグラムは尻餅をつく。カリクスに掴まれた手から必死に抵抗した結果だった。

カリクスはそんなダグラムを冷酷な瞳で見下ろすと、サラの手首を優しく掴んで抱き寄せる。

ふんわりと香るカリクスの匂い。サラはホッとして胸を撫で下ろすと、それと同時に無様に尻餅をついたダグラムがカリクスに向かって指をさしたのだった。

「皆騙されるな!!　カリクス・アーデナーは――大国オルレアンからのスパイなんだ……!!」

ダグラムの暴露に辺りはシーンと静まり返り、カリクスは「ここまでいくと寧《むし》ろ笑えてくるな

「……」とある意味冷静さを取り戻した。

ダグラムの暴露は、舞踏会に参加する貴族たちの殆どに響いていない。一般的に王族の言う言葉は影響力が絶大なのだが、性格にも能力にも難のあるダグラムにそれは当てはまらなかった。

とはいえ人間とは不思議なもので「ここまで自信満々に言うのであれば本当なのでは？」と揺さぶられる者も少数ではあるが存在するわけで。

「――殿下、私がオルレアンからのスパイだという証拠はあるのでしょうね」

カリクスはサラ以外に対して珍しくニコリと微笑んでそう言う。もちろん目は全く笑っていないが。

「物的証拠はない!!　だが間違いない!!　貴様はスパイだ!!　今からそれを証明してやろう!!」

「承知しました。しかしこれが殿下の間違いだった場合は、それなりの罰を受けていただくことになると思いますので悪しからず」

「ばっ、罰!?　貴様がスパイなのは間違いないのだから私が罰を受けることはない！　ぜーーったいにだ！」

言わずもがな、サラは一ミリたりともカリクスを疑ってなんていないのだが、この場でダグラムが言う言葉を信じてしまう人間の存在を危惧し不安に駆られる。

たとえ嘘であってもカリクスの悪評に結びつくような発言をしてほしくはなかった。

カリクスの腕の中から離れ、不安を孕む瞳でダグラムの視線と絡む。

「そんな不安そうな顔をするな。貴様のことは私が救い出してやろう」

「はい……？」

何を言っているのだろうこの王子は。都合良く勘違いされたサラは堪らずため息をついた。

そんなサラの頭に、隣にいるカリクスは優しくぽんと手を置く。

この茶番に付き合うしかないという呆れが、その手からは感じれた。

ダグラムは勢いよく立ち上がると、再びカリクスの顔を指差す。

「皆もよく聞くと良い!! まず私がカリクス《この者》を怪しいと思い始めたのは以前の茶会のときである!!」

その時は母親とミナリーの問題で手一杯だったサラ。その後の『秘密の花園』でもカリクスは礼儀を以て対応していたはず。

一体ダグラムが何を言い出すのかと、サラは言葉を待った。

「理由は割愛するが、とにかくサラはカリクス――この者が遅れて茶会に参加をしてから顔が赤くなったり青くなったりしたのだ!!」

赤くなったのはカリクスがテーブルの下で指を絡ませてきたからで、青くなったのはダグラムの態度によりサラが大層嫌われているのだと思ったからである。もちろんダグラムが王族だからだ。

サラはそれを口にしようかと思いカリクスを見るが、カリクスは小さく首を振る。

「とりあえず全て聞こう」という姿勢のようだ。サラは致し方ないと口を閉ざした。

「その時のサラの挙動不審さといえば――今考えると、仲が良いように見える演技をするよう指示をされていたのだ!! そこのペテン師に!! つまり!! そこの二人の婚約は見せかけのものだ!!

今まで全て社交界の誘いを断ってきた人間が急に婚約者を作って急に茶会に現れて、この舞踏会にも参加するなんておかしいだろう⁉　カリクス《この者》はスパイのカモフラージュのため、そして貴族たちの警戒心を解くために適当に婚約者を見繕って社交界に参加したのだ‼　それにだ‼　サラは伯爵家の人間だったというのに、つい先日子爵家の養女になっただろう⁉　婚約者の降爵をみすみす許すなど……裏があるとしか思えん‼　……ハッ！　そうか分かったぞ！　サラが何か盾突くようなことをしたから降爵するようカリクス《この者》が仕向けたのだ‼　ダハハハ‼　どうだ‼」

捲し立てたダグラムは大方満足したようで、やや反り返るようにして腰に手を添えている。

根拠のない話に会場にはダグラムの高らかな笑い声だけが響き渡る中、カリクスはサラにしか聞こえない程度の声でポツリと呟く。

「この馬鹿が――」

「カリクス、様……？」

本気で怒ったときの声色だと直ぐに分かる。自分に向けられている訳ではないのに、肌がピリつくような感覚だ。

サラは心配になりカリクスの肘あたりをつん、と摘まむ。気が付いたカリクスは、一瞬だけサラに対して表情を緩めてダグラムに向き直る。

「端的に説明します」と切り出したカリクスに、ダグラム以外の会場中の人々が注目した。

「まず大前提で私は婚約者のサラを愛しています。当初は使用人たちに早く妻をと言われていた為でしたが、今は彼女でなければ結婚する気は毛頭ありません。今回の舞踏会に参加したのはそのためです。――殿下ともあろう方が、社交界デビューを済ませていない令嬢とは婚約はできても婚姻は結べないことを知らないわけはありますまい。以前の茶会については——そもそも貴殿が変な手紙を私の婚約者に送らなければ起こらなかったこと。お忘れですか」

「ぐぬぬっ」

完全に虚を衝かれたダグラムは情けない声しか出ない。

カリクスの声に抑揚はなく普段の数倍早口だ。セミナのそれとは違い、威圧感があるためダグラムも怯え始めていた。

「サラの降爵の件。彼女の実家のファンデット家が取り潰しになったことは、皆様もご存知だと思いますが」

辺りを見渡しながら話すカリクス。ぽつぽつと数名が首を縦に振り、周知であることを確認する。

「取り潰しの原因はさておき、一般的に没落した貴族は平民になる。理由が理由ならば罪人だ。ここで一つ言いたいのはこの取り潰しに関して一切サラは悪事を働いていないということと、無関係だということ。しかし家の人間というだけでサラにも被害が及ぶのは目に見えていた。——そこでプラン・マグダット子爵から養子縁組の話が出たわけです。サラの高い能力を買って是非うちの養女にと申し出てきたのはマグダット子爵側から。それほどの価値がサラにはあった」

真実の中にいくつか嘘を忍ばせ、饒舌に語るカリクス。

一同はサラがいかに優秀なのかという点を意識し、そもそもファンデット家が取り潰しになった理由を考えることを忘れている。カリクスの巧みな話術に嵌ったようだった。

全貌を知っているサラは隣のカリクスの能力を改めて凄いと感じる。一朝一夕で出来るものではないのだ。

　この会場を支配しているのはダグラムではなく、完全にカリクスだった。

　しかしダグラムはまだ諦めない。「私にはとっておきがある！」と声を大にして言うと、こう続けた。

「以前私は聞いたのだ!!　陛下とオルレアン国王の外交の際、カリクス《貴様》の名前が何度も出たことを!!　貴様はオルレアンと関係が無かったはずだ!!　それなのに名前が出るのはおかしい!!　つまりは貴様がスパイだからだ!!」

　公爵であり、優秀なカリクスのことだ。名前が出ることだってあるだろうと一同はそう思ったのだが。

　当の本人のカリクスの反応は思っていたものとは違い、本気で驚いていた。

「……私の、名前が――」

「そうだ!!　もう言い逃れは出来ぬぞ!!　さっさと白状してサラを解放しろ!!　そ、その後は私が……私がサラを」

「そこまでだ、ダグラム」

「!?」

　ダグラムの言葉を制したのは、静観を決め込んでいた国王だった。

　いつの間にか上段から降りてきていたらしく、斜め後ろには王妃と第一王女のメシュリーも控えている。

サラは話の腰を折らないよう、小さく会釈で済ませる。

国王は未だ驚いたままのカリクスと、会釈するサラを一度ちらりと見てから、ダグラムと向き合った。

「根拠も証拠もないことをペラペラと……まさかここまでとは……。アーデナー卿への謝罪は勿論だが……サラ・マグダット子爵ご令嬢の栄えある社交界デビューも邪魔しおって……頭を冷やせ!!　この馬鹿者が！」

「貴方、皆の前ですから落ち着いて」

王妃にそう言われ、国王は息を整える。ここが人前でなければもっと怒鳴り散らしているところである。

「アーデナー卿は我が国で一番、武力でも領地の発展でも功を成している。だからこそオルレアン国王も興味を持たれて話に上がっただけだ。お前の戯言は全て勘違いだ。分かったかダグラム」

「そんなはずはない……！　私の考えが間違っているはずは……！」

「はぁ、まだそういうか」

国王は一瞬頭を抱え、直ぐに配置してある会場の騎士を呼び出す。

「第三王子を拘束しろ。これ以上戯言を吐かないようとりあえずどこかの部屋へ突っ込んでおけ」

「はっ、かしこまりました！」

「そんなーー!!　私はこの国とサラのために――いてててっ、おいやめろ!!　痛いぞ!!　おのれ！　おのれペテン師めーー!!」

サラ、メシュリーに誘われる

それからは早かった。

ダグラムは騎士に連れられて会場から居なくなると、国王が「ダグラムが言ったことは全てデタラメである」と宣言したためカリクスの疑惑は晴れた。

しかし王族としてカリクス並びにサラにきちんと謝罪がしたいということで、二人は国王と王妃の後に続き、会場奥のサロンへと足を踏み入れる。普段そこは王族しか使用することが許されていない特別な場所だ。

「さて。――とりあえず座ってくれ」

国王に促され、サラとカリクスはソファに腰を下ろす。決して大きな部屋ではないが、装飾の凝った部屋だということはひと目で分かった。

コホン、と咳払いをしてから話しだしたのは国王だった。

「まずは先程の愚息の件、本当に申し訳なかった」

「!?」

座ったままではあるが、深く頭を下げる国王。それに続いて王妃も頭を垂れている。

（国で一番の権力を持つ陛下と王妃陛下が……いくらカリクス様が公爵とはいえ頭を下げるなんて

……）

サラは王族教育を受けたことは無いが、簡単に頭を下げてはならないという教えがあるのを聞いたことがあったので、キシュタリアにとってのカリクスの重要さを改めて思い知る。

敵に回してはいけない、敬意を払うべき相手だと認識されているということだからだ。

「アーデナー卿は知っていると思うが……ダグラム《あれ》はなかなか破天荒でな……何かをやらかす前に止めておくべきだった。君ならどうにかしてくれるだろうという甘えが招いたこと。私の責任だ、済まない」

「私からも同意見です。本当に申し訳ないことをしました」

「――お二人の謝罪、しかと受け取りました。正直かなり頭にきましたが……ここはお二人に免じて殿下に対しての対応などは全てお任せします。……が、サラの家族の件については二度と公の場で口にしないよう殿下に伝えておいてください。――二度はありませんよ。ああ、それと、今後は我が屋敷に個人的な手紙は送らないように、とも」

「手紙？　ああ、承知した」

国王相手に臆することなく対応するカリクス。踏んできた場数が違うとはいえ、サラは緊張で口内がカラカラになっているというのに。

カリクスが許容したことをきっかけに、やや空気が軽くなったサロン。

次に口を開いたのは王妃だった。

「サラ様もごめんなさいね。あの子ったら昔から貴女のことが好きなものだから、アーデナー卿と婚約したことで大分と拗らせてるのよ……」

「えっ……⁉」

（今、何て……？　聞き間違えかしら？　勘違いかしら？）

サラは瞬時に自身の中で納得できる答えが出たので、それを言葉にする。

「恐れながら、それは王妃陛下の勘違いですわ。私は殿下に大層嫌われておりますので。……恥ずかしい話ですが、昔殿下のお名前を間違えたことがあり、それからずっと私のことは嫌っておられるのだと思います」

それはもう揺らぎのない目だった。好かれているだなんて微塵も思わないサラの言葉に、王妃はぽかんと口を開ける。

カリクスとしては想定内の答えだったので、サラの隣で、ふ、と笑うだけだ。

内心ダグラムにザマァみろとさえ思っていた。

「とにかく、この件はもう結構。他に話がないのならば失礼したいのですが」

カリクスがそう言うので国王は席を立とうとするのだが、それを制したのは隣に座る王妃だった。

夫を無理矢理もう一度座らせてから、目の前に座るサラの手をギュッと両手で掴んだ。

「言うのを忘れるところだったわ‼」

「は、はい……！」

「この前は王都で助けてくれて、どうもありがとう‼」

「え⁉」

驚いたサラだったが、これで先程の挨拶のときの王妃の反応の意味が分かった。

以前王都に出掛けたとき、サラが助けたのはお忍びで買い物をしていた王妃だったのである。

「あ、あの……ご無事で何よりです……！」

「お礼も言わずに去ってごめんなさいね？　騒ぎが大きくなったときに私の顔がバレたらまずかったものだから……」

「はい。理解しております……！」

無茶をして使用人から怒られたサラだったが、まさかその相手が王妃だったことにカリクスは何だか笑えてくる。

公爵と子爵では爵位の差のせいで何か言ってくる輩もいるだろうが、王妃のお墨付きの女性ともなればその声は上がらないだろう。

少しでもサラが嫌な思いをする余地は潰しておきたいカリクスは、この状況を素直に喜んだ。

「それでね、お礼をしたいから今度――」

――コンコン。

「メシュリーです。失礼致します」

娘の登場に、王妃は意識をそちらに向ける。

護衛から離れ、美しい所作でサロンに入ってきたメシュリーは、首元や手首を完全に覆うような珍しい真っ赤な夜会ドレスを着用している。

以前のお茶会の姿に既視感を覚えたサラだったが、口に出すことはなく歩いてくるメシュリーを目で追った。

「参列者たちの大方は落ち着きました。あらぬ誤解も広がっていませんし、寧ろアーデナー卿たちの評判は鰻登りですわ。ダグラムは落ちるほどの評判もありませんから、大した問題にはなりません」

「そうか……。いつも済まないな、メシュリー」

ざわついた貴族たちへの対応を任されたのは王子たちではなくメシュリーだった。

男であれば間違いなく王位を継承していたのはメシュリーだろうと言われるくらい、彼女は優秀で、そしてメシュリー自身もそれを自覚している。

国王と王妃が彼女に対して結婚しろとあまり強く言えないのは、メシュリーの事情を知っていることと、彼女の優秀さ故だった。

「報告ご苦労。お前はもう戻りなさい」

「……陛下、一つお願いがあるのですが宜しいですか？」

「うん？　どうした」

「私、以前お茶会でサラ様とあまりお話しできませんでしたの。せっかくだから彼女とふたりきりで話がしたいのですけれど」

ちらりとサラを見るメシュリーの瞳には思惑の色が見える。

カリクスは何かを感じ取ったのか席を立つと、サラの腕を引いて立たせた。

「申し訳ありませんが私たちは――」

「アーデナー卿、私は貴方ではなくサラ様と話したいのですが」

間髪容れず要求を口にするメシュリーに、サラはたじろいだ。

メシュリーは以前、カリクスと幼馴染だと言っていた。カリクスを呼び捨てにし、気軽に話す仲だということをサラは知っている。

だというのに、メシュリーが話したいと言ったのはカリクスではなくその婚約者であるサラだ。

同じ女性だから、なんて安易な理由では無いことだけは確かだった。

「お父様、私は第一王女としてではなく、娘としてお願いしているのです」

つまり話す内容は完全なプライベートであることをやんわりと伝えるメシュリー。

この場にその意図を読めないものはいないので、後は当人同士の問題なのだが。

「私は構わないが……サラ嬢はどうだい？」

「あ、私は…………」

そう簡単に二つ返事で受け入れるとはいかないが、正直サラは心揺れていた。

おそらくメシュリーがサラに対してプライベートな話をするなんて、内容は一つしか考えられなかったからだ。

「私も……お話ししたいですわ。殿下、お誘いありがとうございます」

「サラ、待て」

カリクスは掴んだサラの手をぐいと引っ張り向き合う。

「無理はしなくて良い」

「無理なんてしていませんわ、カリクス様。殿下と二人で話せるなんてそうそうない機会ですもの。

有り難いことです」

「サラ…………」

気丈に振る舞うサラに、カリクスはぐっと口を噤む。

メシュリーの考えが読めない以上サラを送り出すのはどうかと思ったが、本人がここまで言うのだから引き止めることは出来ない。

この相手がダグラムならば話は別だが、相手はメシュリーだ。

余程のことがない限り変なことにはならないだろうという算段もカリクスにはあった。

「では私専用の部屋で話してまいります。終わりましたら会場までサラ様には護衛をつけますのでご安心を」

「陛下、王妃陛下、失礼致します。カリクス様、行ってまいりますね」

「…………ああ」

――パタン。

閉まりきった扉を、カリクスは未だ見つめている。

メシュリーがサラに対して何の話をするのか分からなかったが、それがサラの心を傷付けるようなものでなければ良いと願いながら。

しかしカリクスの意識は国王が話し始めたことによって、愛しい婚約者から過去の自分へと移ることになる。

「……良い機会だ。そなたには……話しておかなければならないことがある――」

◆◆◆

メシュリーに連れられて訪れた部屋は、先程の部屋とは違い、かなりモダンな作りだ。

『私専用』と言っていたことから、この部屋はメシュリーが寛ぎやすいよう作られているのだろう。

チリンと鈴がなるような可愛らしい声の持ち主――メシュリーに対して、サラは所謂『お姫様』のイメージを持っていたのでこの部屋には少し驚いた。

「…………」

「…………」

しかし驚くなんて感情は一瞬にして過ぎ去っていく。

お互い向かい合うようにソファに腰掛けるとサラはメシュリーの言葉を待つのだが、いつまでも話しかけてこないのである。

状況も立場も、どちらを取ってしてもメシュリーの言葉を待つのが正解のはず。にしてはあまりにも沈黙の時間が長い。

実際は二分程度だったのだが、サラにとっては十分にも及ぶ体感だった。

「考えがまとまったわ」

「は、はい…………っ」

「回りくどいのやめるわね。建設的な話し合いがしたいから」

何を言い出すのだろうと、サラは固唾を呑む。

そんなサラを知ってか知らずか、メシュリーは真っ赤な口紅を引いた綺麗な形の唇を開くのだった。

「カリクスと、別れてくださらない？」

「…………!!」

――ねぇお姉様、ミナリーにカリクス様をちょうだい？

フラッシュバックしたのは妹――ミナリーのことだ。

あのときのミナリーは、サラのものなら全て貰って当たり前という考えでの発言だった。

カリクスのことなど玩具や装飾品と然程変わりないと思っていたのだろう。だからこそサラは腹が立ったし、絶対に嫌だと思った。

けれど、目の前のメシュリーはどうだろうか。

サラは今回の社交界デビューを迎えるにあたって、参列する全ての人間の一般的な情報は頭に入れていた。

特に今後公爵家と関わりそうな家や、キシュタリア王家の人間は綿密にだ。

それから分かるのは、メシュリーはミナリーのような子供じみた思想を持っていないということ。

寧ろその逆――メシュリーは今まで身を粉にして国のために働いてきた。

国王から全幅の信頼を置かれているのも王子たちではなくメシュリーであり、先程貴族たちの対応を任されたということからも、それは裏付けされている。

そんなメシュリーがわざわざカリクスを欲する理由――それは。

「……カリクス様のことがお好きなのですか……？」

表情で窺い知ることができないのは腹の探り合いにおいて大きなマイナス要素だ。

それでもサラは質問し、そして知らなければならない。たとえ苦手だろうとだ。

いくら相手が王族だろうが、サラはおいそれとカリクスと別れるなんて出来なかった。

「…………それは」

「……………」

「まあ……そんなところよ」

（そんなところ……？　そんな適当な思いでこんなことを……？）

サラはてっきりカリクスへの愛を熱く語られると思っていたので、肩透かしを食らった気分だ。

何よりこの理由ではメシュリーの本心が全く掴めない。

別れるのは嫌ですと拒否をすることは簡単だが、相手は王族である。

実力行使をされたら敵う相手ではないためにサラは慎重にメシュリーを観察していると、彼女の両手の指が太ももの上で忙しく動く。

あまりにも落ち着きがないその動きを注視していると、メシュリーの片手がもう片方の手首を掴んだ。

その瞬間、サラの視界に入った僅かな、それ。

見覚えのある、少し斑《まだら》になった赤色は——。

「殿下、失礼ですが……その腕、火傷痕ですか？」

「……!!　見えたの……!?」

「は、い……。申し訳ありません」

毎日カリクスの顔の火傷痕を見ているサラには、少し見ただけでも直ぐに分かった。

最近できたようには見えず、カリクスと同様に昔のものなのだろうということは予想できる。

「そう、見たの。……見たのね――」

メシュリーの悲しそうな声に、不可抗力だったとはいえサラは罪悪感が募る。

もう一度謝罪を、と頭を下げようとすれば、メシュリーは思い切ったようにドレスの袖を捲り上げた。

「もうどうせだから、見なさい」

「……!!　これ、は…………っ」

「醜い、でしょう……？」

そこに広がるのは腕一面の火傷痕。サラは驚き、目を見開く。

メシュリーは自暴自棄になったようにもう反対の腕も露わにし、首元も引っ張って見せつける。

そこでサラは以前お茶会のときに感じたドレスの違和感も、夜会に似つかわしくない露出が少なすぎるドレスへの疑問も、全て合点がいった。

メシュリーは肌を――火傷痕を隠したかったのだ。

「素直に言って良いのよ？　罪に問うたりしないから」

「…………」

「何か言ったら――」

ギシ……とソファが小さな音をたてた。

サラは立ち上がるとローテーブルを避けて、メシュリーの前に両膝を突いてしゃがみ込む。

見上げて、メシュリーの顔をじいっと見つめた。

「痛みは、無いですか……？」

「……っ」

まるで聖母のような瞳に、メシュリーは分かりやすくたじろぐ。

こんな反応をされるだなんて、頭の片隅でさえ想像していなかった。

「無いわ……！　昔のものだもの」

「それなら良かったです……もう少しきちんと見ても宜しいですか……？」

「なっ、こんな醜いものどうして――」

そろりと、サラはメシュリーの腕に視線を寄せる。

慈しむように、美しい瞳で火傷痕を見る姿に、メシュリーは何故か敗北感に似たような感覚に襲われた。

「この火傷痕はね、両親と専属のメイド……それとカリクスしか知らないの」

「……！　カリクス様もご存知なのですか？」

「そうよ。……というか、貴女カリクスの婚約者なのに何も聞かされていないの？」

嫌味ったらしく言えば、その瞳も曇るだろうとメシュリーは思った。そうでなければ困るのだ。

この敗北感のようなものを払拭するために、メシュリーはサラの弱さや汚さを浮き彫りにしたかったというのに。

「はい。まだ聞けていません。婚約者なのに情けない話です」

さらりとそう言ってのけて、笑みを浮かべるサラに、メシュリーの心は瓦解する。

どうしてこの状況で、笑っていられるのか。

――ダン！

メシュリーはテーブルを叩いて立ち上がった。

「……貴女は良いわよね！　この前のお茶会でも、さっきもカリクスに守ってもらって！」

「殿下……！　落ち着いてください……！」

「他国の王子から婚約の話が来るたびに、火傷痕のせいで後から苦言を呈されるんじゃないかって怖くなる私の気持ちは分からないでしょ⁉　だからこのキシュタリアで私の能力は必要だと思わせるために頑張ってきたの……！　カリクスなら能力も家柄も問題ないし……っ、何より私の火傷痕《からだ》のことも知っているから受け入れてくれると思っていたのに……！　どうして貴女みたいな何の苦労もしていないような――」

言い掛けて、はたと動きを止めたのはメシュリーだった。

ゆっくりと目線を落とし、見上げているサラの表情を見る。

「……確かに、私の過去なんて殿下の悩みに比べれば、大したことはないのかもしれませんね」

「……っ」

眉尻を下げて、儚く笑うサラの姿にメシュリーは胸が締め付けられる。

メシュリーはダグラムと違い、国王からファンデット家で何があったのかは事前に聞かされていた。

サラがどのような扱いを受けていたのか、公爵家へ行ってからも、どれだけ苦しみ続けてきたのか。

お茶会のときは、家族から罵倒される姿を直接この目で見た。

だというのに、気が立っていたとはいえ、それを何の苦労もしてないような、なんて言い方をされて。

それでもなお淑女として笑みを崩さないサラに、メシュリーの唇はふるふると震えた。

「どう、して……そんなに強くいられるの……っ！」

「――強くなんてありませんわ。殿下の言われる通り、私は未だカリクス様に守られてばかりです。

……実際、家族とのことは辛かったです。未だに完全に吹っ切った訳ではありません……。それでも強くありたいと思っています。カリクス様の隣に、堂々と立てるように」

「…………………」

サラはスッと立ち上がり、メシュリーの両手を、自身の両手でギュッと包み込んだ。

「殿下……ずっと、辛かったですね……」

「うっ、ふ……っ、うう……」

ぽたぽたと、メシュリーの涙が床に落ちる音が耳に届く。

表情が分からなくともその音とメシュリーの上ずった声で、現状を理解するのは容易かった。

「殿下、この火傷痕の件ですが、医療行為ではどうにもならないのですよね？」

「っ、ええ……手の施しようがない、と……」

「承知しました。では、別のアプローチから考えましょう」

「え……？」

一体何を言っているのだろう。メシュリーは涙を流しながら、大きな目でぱちぱちと瞬きを繰り返す。

そもそも、どうして婚約者と別れてほしいだなんて言った相手に対し、ここまで真摯に向き合ってくれるのだろうか。

メシュリーが未だサラの懐の深さを測りきれないでいる中、サラは目線を上にやり考える素振りを見せると、何かひらめいたのか手に力が加わる。

「……そうよ、そうだわ……！」

「……？」

「医療行為がだめなら、植物の力を試してみましょう!!」

今思い返せば、以前のお茶会の時からメシュリーはサラの底知れぬ強さを感じていた。

母親とミナリーに馬鹿にされ、恥をかかされていた頃は弱々しい女性でしかなかったというのに、カリクスを悪く言われたときの変わりようと来たら目を瞠るものがあった。

立ち姿だけで周りは息を忘れそうになり、透き通った声は白を黒に変えてしまうほどの力があった。

後から現れたメシュリーだったが、実はずっと離れたところからそんなサラを見ていたのである。

そして無意識のうちに魅了され、心のどこかで恐れに似た感覚さえ覚えた。

本能的に彼女には敵わないと悟り、出るに出られなくなったことは記憶に新しい。

そんなサラにカリクスと別れることを迫っても、根本的な解決になるはずがなかったのだ。

メシュリーはカリクスのことが好きなわけではなく、火傷痕《身体》の秘密を一生共有してくれそうな人物を求めていたのだから。

「――それで、植物というのは？」

涙がおさまったメシュリーはソファに浅く腰掛けてそう尋ねる。

サラが向かい側に座ろうとすれば「隣でいいわよ」と素っ気無くもお誘いがあったために、嬉しそうにメシュリーの隣に腰を下ろした。

メシュリーは「ふんっ」と言いながらも顔を赤らめる。

「いくつかの書物に、傷の治りに効くという植物があると読んだことがあります。もちろんそれは切り傷に対してでしたが、様々な組み合わせで薬を調合すれば、火傷痕に効くものもあるかもしれません」

「……！　それは本当なの⁉」

「絶対とは言えませんが……可能性はあります。なんせこの国には――」

「プラン・マグダット子爵ね……！」

「はいっ！　そのとおりですわ！」

マグダットが植物に精通しているのは誰もが知るところだ。

そして植物の研究が出来るとなれば食い付いてくることを、パトンの実のことでサラは目の当たりにしている。

未だ誰も見つけられていない植物の効果を探る――マグダットがこの話に乗ってくる可能性は十分にあった。

「手続き上まだですが、私の養父にもなってくれている方ですし、私の方から手紙を書いておきますね。何か進展がありましたら王宮の方にお手紙をお送りしますのでご安心ください」

「…………どうして、そこまでしてくれるの？」

「え……？」

「もしかして、この火傷痕が目立たなくなったらカリクスのことを諦めると思ってるの？　意外と狡賢いのね」

しまった言い過ぎた、とメシュリーは思うが時既に遅し。

言葉はきちんと相手のもとに届き、サラはぱちぱちと何度か瞬きを繰り返している。

人の親切に対してこんな言い方をするなんて、と思うものの、メシュリーは素直になりきれないでいた。

けれどサラは、そんなメシュリーに対して失礼だと怒るどころか「ああ！」とびっくりしたような声を上げる。

「申し訳ありません……カリクス様のことはすっかり忘れていました……」

「…………はい？」

「殿下の涙を見て私にできることは無いものかと考えていたらすっかり……。婚約者として最低ですわ……。あ！　ちゃんと言っていませんでしたが、私はカリクス様のことをお慕いしていますので別れたくありません……！」

「…………。ふっ、ふふ、あはははっ……‼」

「……⁉」

突然声を出して笑い出すメシュリー。

お腹に手をやって、ときおり「痛い、痛いわっ‼」と言いながら大笑いしている。爆笑と言っても差し支えないだろう。

サラは何に対して笑っているのか分からず、ぽかんと口を開ける。

「あーー久々にこんなに笑ったわ……」

「そ、それは宜しゅうございました……？」

「本当に変な子ね……貴女それ無意識でやっているの？」

「な、何の話でございますか……？」

まるで人の上に立つ為に生まれてきたような魅力や能力が有りながら、簡単に懐に入りこんでしまうような愛嬌を持ち、それが無自覚だなんて。

メシュリーは小さく息を吐いた。

「末恐ろしいわね…………」

「殿下、さっきから何の話を……」

「ただの独り言よ」

「は、はあ………」

なにはともあれメシュリーが笑ってくれるならそれで良いやとサラも微笑み返す。

その笑顔に何度も毒気を抜かれたメシュリーは、足を組み直して背もたれに身体を預けた。

そのまま首だけをサラの方に向けてポツリと呟いた。

「まあ、貴女のことは嫌いじゃないわ」

「あっ、ありがとうございます……！　嬉しいですわ……！　――こういうとき、お顔が拝見出来ないことが残念で仕方ありません……」

「？　どういうこと……？」

見たところ生活に不自由があるように見えなかったメシュリーは小首をかしげる。

不可抗力とはいえ火傷痕のことを打ち明けてくれたメシュリーに、サラは誠実でありたいと自身の顔が見分けられないという症状を話し始めた。

ことのあらましを聞いたメシュリーは再び浅く座り直すと、身体ごと斜めに捻って向き直る。

「自分で言うのもなんだけれど、よく整った顔をしていると言われるわ。周りには童顔だと言われることも多いわね……。唇の左下に黒子《ほくろ》があるから……それで見分けることって可能かしら？」

「はい……！　大丈夫だと思います！　……その、信じてくださってありがとうございます……っ」

「べっ、別に……！　この場でこんな嘘を私に言ったところで貴女――サラに得はないでしょ!?」

「殿下……！　サラと呼んでくださいましたか!?」

サラは前のめりになってメシュリーに顔を近付ける。

何とも嬉しそうに目をキラキラとさせる姿に、メシュリーは恥ずかしさよりも僅かに素直が上回ったのだった。

「ちょっと、この国に殿下って何人いると思って？　お友達は……名前で呼び合うものよ」

「つまり……メシュリー様とお呼びしても……？　お友達になって頂けるのですか……？」

「どっちも好きになさい！　……あと、カリクスの火傷痕の件、聞いてみるといいわ。私から言われたと言えば直ぐに教えてくれるでしょう」

「わ、分かりました！」

それから友人同士として会話に花を咲かせて暫くすると、サラはメシュリーに命を受けた騎士とともに部屋をあとにした。

最後に「そのネックレス、カリクスからでしょう？」と聞かれたサラは「物騒なことはしていませんからね!?」と咄嗟に答え、メシュリーは何を言っているのか理解できなかった。

会場に向かって来た道を戻るようにして歩いていると、渡り廊下に差し掛かろうというところでサラは目の前の人影に気付く。

照明が当たらないため漆黒の髪は闇に紛れ、黒の正装も他の人間と区別が付きづらい中でも、左目を覆うような優しい赤いオーラ——火傷痕にサラは駆け寄った。

「カリクス様……！」

渡り廊下に等間隔に設置されている柱の一つに背中を預けていたカリクスは、サラの声に気がつくとやや俯いていた顔を上げた。

　小走りで向かってくるサラに一旦表情を緩めてから、サラの後ろにいる騎士に向かってスッと片手で手を差し出す。

　護衛はもう良い、という意図を汲んだ騎士は、国一番の強さを誇るカリクスが居るならば護衛対象のサラは誰よりも安全に違いないと、持ち場へと戻っていったのだった。

「サラ、お帰り」

「た、ただいま戻りました……！」

「大丈夫だったかと聞こうかと思ったが――その様子だと聞く必要は無いな」

「ふふっ、メシュリー様とお呼び出来るようになりました！　それにお友達、だとも……」

「……それは凄いな」

　幼馴染のメシュリーの性格をカリクスはそれなりに知っている。

　王族としての身分を理解し、王族とその他で必要な線引きを出来る人物だ。

　カリクスも幼馴染でなければ砕けて話すことなどなかっただろう。

　そんなメシュリーが名前で呼ぶことを許したということは、即ちサラに気を許したということ。

「サラ、良かったな」

「はい！　その、人生で初めてのお友達なのです……とっても嬉しいですわ」

　おそらく尻尾があったらぶんぶんと振っているのだろうというくらい、サラは何だか嬉しそうだ。

　伯爵邸にいた頃の生活を考えれば友人は居なかっただろうし、いくらセミナやカツィルと楽しそうに話していても雇う側と使用人の関係性は簡単に切り離せるものではない。

サラもそれは十分に理解しているから、メシュリーの存在はよほど嬉しかったのだろう。

とはいえ自分に対して向けられたことがないくらいに喜ぶサラに、カリクスは大人気なく心がもやりとする。

サラのことになると、カリクスの心はどうしても狭くなってしまうのだった。もちろん、サラに友人ができた喜びのほうが勝ってはいるのだが。

カリクスは「妬けるな」と囁くように言うと、喜びで破顔するサラの顎をそっと掬う。

サラはいきなりのことで驚き、そしてこれから何をされるのかと瞬時に予期出来てしまったことで、身体をギュッと硬直させた。

「カリクス、様」

「明日はサラも私も一日休暇にしてある。ずっとこうしていたい」

カリクスは腰を折って距離を詰めると、サラの唇を奪う。

緊張で身体がガチガチだった三度目のキスは、サラの全身を熟した苺のように赤くした。

サラ、カリクスとピクニックに出掛ける

舞踏会から帰宅後、疲れたのか死んだように眠ったサラは次の日の朝、眠たい身体にムチを打って目覚めた。

それからは身支度を整えて朝食を食べ終え、急いでキッチンへと向かう。

仕事をするシェフたちの邪魔をしないように用意されたスペースで包丁を握ると、それほど凝ってはいないものの、数多くのサンドイッチや片手でつまめそうなおかずを作り、ボックスへと詰めた。

セミナはそのボックスとティーセットを持ち、カツィルは外で使う用のラグを持つと、いつもより少し早足にサラの後をついていく。

時間はちょうど正午。サラはノックをしてカリクスの自室を開けた。

「カリクス様！　ピクニックへ行きましょう……！」

◆◆◆

昨夜の帰りの馬車でのこと。

「明日の休暇は一日二人でいよう。抱きしめたいしキスもしたい」と真剣な声色でカリクスに告げられたサラは頬を赤く染めた。

そんなことを一日中されたらドキドキして身が持たないと考えたからである。だからサラはふたりきりを避けたかった。

しかしせっかくの休暇だ。サラだってカリクスと過ごしたいという思いはある。

それならば、と考えたのがピクニックだった。

セミナとカツィルも誘えばふたりきりは回避できるし、日々激務に追われるカリクスは体を休められるだろうと考えた最良の案。

屋敷の近くの川の畔《ほとり》、木陰の下でゆっくり過ごそうと伝えたのが昨夜の馬車を降りる直前である。


そして現在、サラはカリクスとセミナ、カツィルと共に目的の場所までやって来たのだが。

「ここまで荷物持ちご苦労だった。お前たちは先に帰っていてくれ。帰りの荷物は私が持つから問題ない」

「えっ？」

「「かしこまりました」」

「えっ!?　ちょ、セミナ！　カツィル！」

昨日のカリクスの言い方から察するに二人を帰そうとするのは目に見えていたサラは、お願いだから帰らないでと二人には頼み込んであった。

というのに、蓋を開ければどういうことだろう。

セミナとカツィルは悪びれる様子もなく、しれっと帰ろうとするので、サラは二人の手をギュッと掴んで引き止めた。

「ま、待って！　セミナとカツィルが居ないと私……！」

「サラ様、申し訳ありません。恨むなら旦那様を恨んでください」

「い、一体何が……？」

「流石にお二人のあれこれを目の前でずっと見ているのは気まずく――つまりは、旦那様は人がいようがいまいがサラ様とイチャイチャする気満々だそうです」

「なっ、な……!!」

「サラ様！　また後で!!　ごゆっくりー！」

「待ってふたりともーーー！！！」

小さくなっていく背中を追いかけようとするサラの足は、一歩踏み出したところでピタリと止まる。

軽く触れているだけなのに重たく伸《の》し掛かるように感じる、左肩に乗せられたカリクスの手。

ゆっくりと振り返ると、美しい緑とキラキラと太陽の反射で光る川の流れを背に、こちらを向くカリクスに「サラ」と名前を呼ばれる。

優しい声の中にほんの少しの苛立ちを感じたサラは、びくりと肩を震わせた。

「私は二人でいようと言ったはずだが」

「そ、それはそうですけれど………」

（それにしたって二人にあんなこと言っていたなんて……！）

サラは半泣きになりながら、頭一つ分は高いカリクスをじっと見つめる。

あまり向けられたことがないその顔に、カリクスは数回瞬きを繰り返し、そっと親指でサラの唇を撫でた。

「怒っても可愛いな、君は」

「〜〜っ」

「やはりふたりきりになって良かった。可愛いサラをずっと独り占め出来る。ほら、せっかく来たんだからおいで。座ろう」

「……わ、分かりました……」

何もサラだってカリクスとふたりきりが嫌なわけじゃない。ただ意識してしまい、昨日のキスを思い出してドキドキするだけで。

いくら恋愛ごとに鈍感なサラでも、ここまで愛をぶつけられて行動でも示されたら分かるのである。

木陰に敷いた外用のラグに、サラはカリクスと肩がぎりぎり触れない距離に腰を下ろす。

川の畔だからか風が涼しく、サラは薄っすらと目を細めてその風を肌で感じた。

「気持ち良いな」

「はい。とっても………」

一悶着あったが、こんな穏やかな時間ならば大歓迎だ。

サラはそう思いながら正午を過ぎていたことを思い出すと、カリクスの傍から少し離れたところにあるランチボックスに視線を寄せた。

その隣にあるティーセットの中身も確認し、サラはカリクスに問いかけた。

「その、軽く食べられるものを作ってきたのですが……どうしますか？」

「サラが作ってくれたのか？」

「あ、はい……！　その、せっかくなので……」

伯爵邸にいた頃は、食事を自分で用意していたサラ。

余り物でぱぱっと作っていた程度なのでマイクが作るようないかにもなご馳走は作れないが、サンドイッチには自信がある。しかも公爵邸のキッチンにある食材はどれも新鮮なものばかりだ。美味しくならない訳がない。

サラはどれでもどうぞ、というように開いたランチボックスをカリクスの前に差し出した。

「迷うな。選んでくれるか」

「んー……では、このお野菜たっぷりのものが――」

「じゃあ食べさせてくれ」

「はい。……って、え……!?」

聞き間違いだろうか。そろりとカリクスを確認すると、手を伸ばしてくる気配はない。

挙句の果てに「いつまで待てば良い」と尋ねてくるので、サラはかぁっと頬を染めた。

最近分かったことだが、カリクスは割とスキンシップが激しく、そして甘えん坊だった。

「サンドイッチなら手は汚れませんわ……！」

「そういう問題じゃない。こういう機会じゃないと出来ないだろう」

「……っ、でで、でも……」

「……なら選ぶといい。私に食べさせるか、私に食べさせられるか。二つに一つだ」

普通に食べるという選択肢はどうやら無いらしい。サラはうーんと唸って悩み抜いた上で、前者を選んだ。

サンドイッチを掴んだ手をずいと差し出し、カリクスの顔に近付ける。

居た堪れず顔を背けていると、カリクスの手がサンドイッチを掴むサラの手首を優しく掴んで引き寄せる。

自身の手中にあるサンドイッチにがぶりとかじりつかれたのを音と気配で察知したサラは、なんとも言えない恥ずかしさに襲われた。

「うん、美味しい」

「そ、それは良うございました……！」

「サラありがとう。こんなに沢山朝から作ってくれて。大変だったろ」

褒め言葉に感謝の言葉に労る言葉と、サラはそれだけで口元がニヤけてしまいそうになる。カリクスはこういうところが狡い。

それからはカリクスに食べさせながら、断固として食べさせられるのは拒否したサラ。

恥ずかしいやら幸せやらで頭が沸騰しそうになるのを必死に抑えながら、食後には紅茶を飲んでホッと一息ついた。

少しゆっくりしてから、軽く片付けを済ませた二人は大きな木の幹に凭れ掛かった。

休日の午後。お腹が満たされ、風を肌で感じ、川のせせらぎを聞きながら二人で過ごす時間。

日々忙しなく執務に追われるサラたちは、ここまで穏やかに過ごす一日は初めてかもしれないと噛み締める。

「カリクス様」

「どうした」

ツン、と小指同士が触れ、カリクスは指切りをするように小指を絡めた。

「その、少し……お聞きしたいことがあるのですが、良いですか……？」

「ああ。──昨日メシュリーから何か聞いたのか？」

探るような尋ね方に察しの良いカリクスが気付かないはずもなく。

昨日サラがメシュリーと友達になったと聞いたときから、カリクスはいつ聞かれるのだろうかと待っていたのだった。

「火傷痕の、ことで……その、カリクス様から聞くようにと」

「分かった。……まあそんな大した話じゃないが」

そうしてカリクスは語り始める。

火傷痕──つまり火傷を負った原因を。

カリクス、火傷痕の経緯を語る

カリクスがメシュリーと初めて出逢ったのは、カリクスが九歳の頃だった。

公爵である父——ベスターがキシュタリア王国国王と懇意にしていたことから、一つ年下のメシュリーの遊び相手として宮廷に招待された。

一般的に王族の遊び相手として選ばれるのは同性が多いのだが、当時のメシュリーは好奇心旺盛で男勝りな性格。外で遊ぶことも多く、充てがわれたのがカリクスだったというわけだ。

二人はすぐに仲良くなり、外に出ては走り回ったり木登りをしたり、カリクスが剣術を習い始めるとメシュリーもそれに続くようになったり。

幼い日の甘酸っぱい思い出というよりは、仲の良い戦友のような関係だった。

その年の冬、カリクスが公爵邸とは少し離れた別邸に赴いたときのことだった。

このときカリクスは体の弱い母親——セレーナが静養している様子を見に来ていた。

ちょうど繁忙期だったのでベスターは宮廷に泊りがけで仕事をしており、母親と最低限の使用人と静かに過ごしていたのだが、そんなとき。

突然訪問をしてきたのはメシュリーだった。

いきなりのことで驚くカリクスに、暇だったから遊びに来たと、さらりと言うメシュリー。

お供も付けずにいきなり来るのはどうかと思ったものの、セレーナも良いと言うものだからカリクスは受け入れた。

その日は森に遊びに行き、植物を見たり木に登ったりもした。

しかしそんな日の夜、事件は起こったのであった。

——助けて！　誰か助けて!!

夕食後、今日は泊まっていくと駄々を捏ねるメシュリーに根負けしたカリクスはセレーナの許へ薬を届けると、一人部屋へ残してきた友人の叫び声に走り出した。

部屋を開けてみてみれば、明らかに賊と見られる男が二人。一人は部屋を漁り、一人はメシュリーを後ろから拘束して刃物を向けている。

どうやら賊たちは裕福な格好をして一人で外出していたメシュリーを付けてきていたらしい。

そして一人になったところを狙ったようだ。窓ガラスには割られた痕跡があり、そこから入ってきたのだろう。

この屋敷に滞在している公爵の子のカリクスではなくメシュリーに狙いを絞ったのは、女だったからだ。

金品を盗めず身代金も叶わなくとも、見目の良い育ちが良さそうな女は売れば金になる。そういう算段だったのだろう。

とはいえ、この頃のカリクスは既にかなり剣術に長けていたので、用心のために部屋の隅においていた剣を取った。

ただ鍛錬ではなく実際に敵に向けたのは初めてだったので足がすくむのも当然であり、賊たちもそれを見抜いて余裕の表情だ。

大声を上げればメシュリーが殺されるかもしれないために声を上げることもできず、カリクスがどうしたら良いかと思案していたとき。

——いやーー!!

恐怖が限界に達したメシュリーが男の腕の中で暴れると拘束が解けるまでは良かったものの、男の手がテーブルに置いてあったオイルランプに当たり、床に落ちる。

運が悪いことに、今日カリクスたちが森に行ったときに採集した植物の一部が床に散らばっていた。その名も『ファイアーリーフ』。

見た目は緑色だが、よく燃えることからこそその名前がついている。——そして。

火と油とファイアーリーフが床の上で交わるとそれは大きな炎となった。

メシュリーを先程まで拘束していた賊の一人はその炎に驚き、咄嗟にメシュリーの背中を押す。

メシュリーの体は一瞬にして炎に包まれた。

——きゃーっ!! 熱い……!! 助けてぇ……!!

流石にまずいと思ったのか、賊たちは割った窓ガラスから逃げていく。カリクスはそんなことよりも、とメシュリーを助けようと上着を脱いで炎を消しにかかるのだがファイアーリーフによって膨れ上がった炎はなかなか消えることはなく、瞬く間に炎は燃え広がる。

それでも炎の中でもだえ苦しむ友人をそのままになんてしておけるはずもなく「誰か早く来てく

れ！！！」とだけ叫ぶとカリクスはメシュリーの救出を試みた。

それからの記憶といえば、炎の熱さと、顔の左側の焼けるような痛みと、呻くようなメシュリーの声。

最後に聞こえた母親——セレーナの声に、カリクスは意識を手放した。

◆◆◆

「——私とメシュリーを助けてくれたのは母だった。普通に動くのも大変なのに、子供二人を抱えて」

「…………」

「そのおかげで幸い私は顔の火傷だけで済んだ。メシュリーも一命を取り留めた。母も火傷を負ったが、本人は何一つ気にしていなかったな。名誉の負傷だと言っていた」

「名誉の……負傷……」

蘇る記憶はお茶会のとき——母親の扇子からカリクスが守ってくれたときのこと。

あのときカリクスは名誉の負傷だとさらりと言ってのけた。サラは冗談はやめてと返したが、今思うと本気だったのだろう。

どうやらカリクスは、母親によく似ているらしい。

「カリクス様……私……」

「ん、どうした？　ああそういえば、この話を今まで出来なくて済まなかった。メシュリーの火傷痕の件は陛下に秘密にしてくれと言われていてな。メシュリーの将来に影響するから、と。だから言えなかった。……まあそれも、メシュリーが良いと言うんだから構わないだろ……って、サラ……？」

サラは身体をカリクスの方に向けると繋がれていた小指をするりと引き抜いて両膝をラグに付けるようにして膝立ちすると、少し低い位置にあるカリクスの頬を両手で優しく包み込む。

「サラ、どうし――」

珍しく自分から触れてくる婚約者にカリクスが疑問を口にしようとしたとき、それは降ってくる。

サラは、カリクスの火傷痕に優しく口づけた。それは何度も何度も繰り返され、困惑気味のカリクスが声を掛けてもやめることはない。

暫くして満足したのか口付けは終わっても、頬を包む手にすりすりと愛撫される。

カリクスが片手をサラの手の上に重ねると、ゆっくりとその手は動きを止めた。

「どうした、サラ」

「――愛おしくて」

「……え」

「メシュリー様を守ろうとしてできた火傷痕《勲章》も、お母様に守ってもらった証の火傷痕《宝物》も――今、貴方が私の目の前に居てくれることの全てが、愛おし、くて……」

「サラ――」

キラリと、サラの瞳に涙が浮かぶ。

カリクスは泣くな、と優しく言いながら、人差し指で優しく拭ってからサラの背中に手を回した。

惜しみながらも包み込まれている手から離れ、サラの胸辺りに顔を埋める。トクントクンと規則正しく心地良い心音に目を瞑った。

「私を愛してくれてありがとう」

「カリクス様……」

「サラが愛おしい……愛おしくて堪らない。こんな感情、この先君にしか抱《いだ》かない」

「…………っ」

もうこれ以上想いを伝える術はないだろう。サラは口を閉ざして、カリクスを包み込むようにギュッと抱き締めた。

頬に当たる漆黒の髪が擽《くすぐ》ったい。ふふ、とサラが笑みを零せばカリクスの唇もつられるように弧を描く。

二人は暫くの間、何も話すことなくそのままでお互いを感じていた。


ずいぶん長く眠った感覚があるのに、頭がぼんやりと重たい。朝にしては空気がスッキリしておらず、普段は聞こえない川が流れるような音が聞こえる。

（あれ……？　私の枕ってこんなに硬かったかしら……？）

ふかふかの布団に、ふんわりと柔らかい枕のはずなのに、いつもと何かが違う。

サラは落ちそうになる瞼を必死に開ける。スゥッと開けた眼前に見えた婚約者に、サラは飛び起きた。

「ひゃぁあ……っ！　こっ、これは一体……!?」

「サラ、おはよう。良く眠っていたな」

幹に凭れ掛かって胡座《あぐら》をかくカリクスの太腿を拝借していたらしく、サラは慌てて頭を下げた。

「も、申し訳ありません……っ！　いつの間に寝てしまったようで……」

「昨日は帰りが遅かったから仕方がない。……私の髪の毛は涎だらけだが」

「えっ!?　嘘……!?」

「はは、嘘だよ。冗談」

ピクニックに来たのに寝てしまうわ、カリクスに膝枕されてしまうわで非常事態だというのに、もしも涎まで垂らしていたらと思うとサラはゾッとした。

カリクスの声は終始明るいので大丈夫だろうけれど。

「えっと、お御足《みあし》お借りしました……ありがとうございます」

「構わない。ずっと君の寝顔が見られて良い一日だった」

「忘れてください……！　今すぐ……っ！」

「それは無理な相談だ。……まあとにかく、そろそろ帰ろう。これ以上遅くなるとヴァッシュにねちねちねちねちねちねちねち言われそうだ」

（ねちねちが異様に多いわ…………あっ、そういえば）

火傷痕についてはスッキリしたサラだったが、まだ聞きたいことが残っていたことを思い出す。

帰りの支度を終えゆっくり歩き始めた頃、サラは「その……」と言いづらそうに話を切り出した。

「ご両親のことを聞いても……？」

公爵邸に初めて足を踏み入れた日、三年前に父親が亡くなったということ以外は家族について聞かされていなかったサラ。

当初は契約結婚のようなものだったので深く聞くつもりはなかったのだが、今となっては知りたい気持ちが募る。

もしや私の生い立ちに引け目を感じて家族の話をしないのでは？　とも思ったサラだったが、どうやらそうではないらしく。

「済まない、もう話している気でいた。父親は気さくな人で、三年前に病気で亡くなった。母親は昔から病弱な人でもう亡くなってから十年になるか……早いものだ。両親はこっちが恥ずかしくなるくらい仲が良かった」

「それは素敵ですわね。……一度だけでも会いたかったです」

「そうだな。サラならば二人共大喜びだろう」

「ふふ、カリクス様ったら」

公爵邸に着くまで、サラはカリクスの両親の話に耳を傾けた。

話の最中、一瞬声に影が落ちた気がしたけれど、サラは気のせいかと気にすることはなかった。

サラ、ドレスがしっくりこない

いくら植物の知識でマグダットに敵わないと分かっていても、サラはメシュリーのために植物、薬学、化学などの分野の書物を読み漁り、一週間が経った。

もう九月中旬になり、暑さは大分と落ち着いたようだった。

（うん……まあまあ、かしら）

普段の執務を行い、社交界デビューを果たしてから届くお茶会の誘いの手紙の選定や返事を書きつつ、夜な夜な、火傷痕を消す又は薄くする方法を探ったサラの目の下は隈だらけだった。

しかしそのかいあって、理論上ではかなりの高確率で火傷痕に効く植物由来の薬が出来そうだという結論に至ることができた。

サラはメシュリーの名前は伏せて、火傷の状態と自身が調べた結果を手紙に書き記した。

「んー！　流石に疲れたぁ……」

時間はまだ午前十時。

あとはマグダットに送るだけなので今日は午後から少しゆっくりしよう。本当は今からベッドに入ってしまいたいくらい疲れていたし眠気が襲ってきていたものの、午前中は絶対に外せない用事があった。

――コンコン。

「サラ、カリクスだ。入るぞ」

「はい、どうぞ」

カリクスの登場に立ち上がって出迎えるために入り口へ行くと、カリクスの手が目の下あたりに伸びてくる。

サラは反射的にきゅっと目を閉じた。

「……頑張りすぎだ。あまり寝ていないだろう」

「申し訳ありません……。けれど！　さっき良い案が浮かんだのです……！　メシュリー様のお役に立てるかもしれません！」

「サラは本当に努力家だな」

「いえっ！　むしろ私も勉強になりますもの」

当然です、といった態度のサラに、カリクスは穏やかに笑みを零す。

「それでカリクス様、約束の時間より早いようですが……何かございましたか？」

時計を見れば予定していた時刻よりも二十分程度早い。忙しいカリクスにしては早い到着だった。

セミナとカツィルは手紙を書くからと下がらせてあるので、サラは紅茶でも入れようかと足を進めようとすると、カリクスにパッと手首を掴まれた。

そのままソファへと誘われ隣に腰を下ろすと、カリクスはサラの手首を握ったまま言いづらそうに口を開いた。

「疲れている君にこの話は酷かもしれないが……」

「何でしょう……？」

「元ファンデット伯爵、その妻、娘ミナリーの刑が確定した。無期刑……一生牢からは出てこない」

「…………！　分かり……ました」

カリクスが言っていたとおりの結末になったことに、サラは少しだけ驚いた。

家族を庇うつもりなんて毛頭ないが、流石に罪が重すぎるのではないかと思ったのである。

もちろん、二度と会うことがないという事実はサラの心に安寧をもたらすわけだが。

サラは無意識に眉尻を下げる。

「納得いかないか？」

「えっ、あ……いえ、そんなことは」

「サラには話しておくが、実際今回の判決はかなり厳しいものだ。そしてそうなったのは私のせいでもある」

「と、言いますと……？」

「あの者たちを二度と君の視界に入れたくなかった。頭の片隅にも置いてほしくなかった。だから陛下に少し手を加えてもらった。メシュリーの行いが発端で私に火傷を負わせた、と責任を感じている陛下は快く聞いてくれたよ」

「軽蔑したか……？」と、やや震えた声でそう聞いてくるカリクスに、サラはぶんぶんと頭を振る。

己のためではなくサラのために口利きをしたカリクスを責めるほど、サラは純真無垢な少女ではなかった。

家族は処罰されて然るべきと決めたときから、こうなる覚悟は出来ていたのだ。

むしろカリクスには申し訳無さが募るばかりだ。

サラは口から謝罪が零れそうになるが、カリクスは喜ばないだろうと言葉を必死に飲み込む。代わりに、サラは花のように微笑んだ。

「ありがとうございました、カリクス様。力を尽くしてくださったこと、感謝に堪えません」

「……………サラ。ありがとう」

「ふふ、なんのお礼ですか……？」

くすくすと口元に手をやって笑うサラは、その時一つやっと合点がいった。

伯爵邸にてカリクスが助けに来てくれてからのこと。

カリクスは何度も私ならという表現を使っていた。あのときはそれほどに公爵家の力は絶大なのかと思っていたが、カリクスには国王に口利きしてもらえる理由があったらしい。

サラはなるほど、と内心納得した。

——コンコン。

遮るように絶妙なタイミングで聞こえるノック。

時計を確認すればちょうど時間だったので、サラはまあ良いか、と話を流して少しだけ開いた扉を見る。

「失礼致しますサラ様、仕立て屋が参りました」

「ありがとうセミナ。通してちょうだい」

「かしこまりました」

絶対に外せない用事――サラは今日、約四ヶ月後に控えた結婚式で着用するウエディングドレスの試着を行うのだ。

いつもとは倍の数の仕立て屋たちが入ってくると、弟子と思われる女性たちがせかせかと持ってきた仮縫いのドレスの準備を始めた。

ウエディングドレスの話が出たのはつい最近だ。

普段のドレスのときカリクスは一切口を出さないので、今回のウエディングドレスの件もサラの好きにすれば良いと優しさで言ってくれていたのだが、それを聞いていたセミナが一言言い放ったのだ。

――「生涯で一度しか着ない結婚式でのドレスですのに、サラ様お一人に任せるのは今後の夫婦関係においていかがなものでしょう」と。

いつもの淡々とした喋り方だというのに、端々が何だか刺々しい。因みに「そうだそうだ！」とセミナを援護したのはカツィルだ。

女性にとってのウエディングドレスの重大さを痛感したカリクスが「良ければ一緒に選んで良いか」と頼んできたのはそのすぐ後だった。

サラもできれば一緒に選びたいと思っていたが多忙のカリクスに言い出しづらかったため、まさにセミナ様々だった。

セミナに論破されたとき凹んでいるカリクスが少し可愛かったことは、サラだけの秘密である。

「ではまずは定番のプリンセスラインドレスから参りましょう。ふんだんにリボンをあしらい、腕のパフスリーブもあることで可愛らしさはとびきりですわ！」

カーテンの奥に入り、手伝ってもらいながらドレスに着替える。

ドキドキしながらドレスに袖を通し、サラは気恥ずかしそうにカリクスの前に出る。公爵邸に来てからドレスは着慣れているというのに、これが新婦にしか着られないものだと思うと緊張してしまうのは致し方なかった。

「ど、どうでしょうか……？」

「愛らしい。妖精みたいだ」

「……っ、つ、次着ます……!!」

間髪容れず褒めてくるものだからサラはすぐにカーテンの奥へと脱兎の如く逃げると、今のドレスを脱いで新たなドレスへと袖を通す。次はマーメイドラインの大人っぽいドレスだ。

「これはどうでしょうか……？」

「細身の君に良く似合っている。腰の辺りが色っぽい」

「!?　もう……！　次です次……!!」

それからサラは代わる代わる様々な形、装飾があしらわれたドレスに袖を通した。

その度にカリクスは「可愛い」「美しい」「天使みたいだ」とそれはもうドロドロに褒めてくるのでサラは顔が真っ赤だ。

カリクスは褒めてくれるだろうと予想はしていたがこうも繰り返されると心臓が持ちそうにないのである。

「こ、このドレスが最後ですわっ」

「これも良いな。脱がした――」

「だ、ん、な、さ、ま？」

「何でもない」

「…………？」

セミナに遮られたためカリクスが最後まで言葉を紡ぐことはなかった。サラはぽかんと口を開ける。

「で、サラは着てみて気に入ったものはあったか？」

「そうですね……。どれも素敵なドレスで迷ってしまいます」

深く頷いて「確かに」と呟くカリクス。脚を組み直すと、手をひらひらとさせて仕立て屋を自身の近くへと来させた。

「何か気に入ったものはございましたか？」

「どれも良い品だったがこれという決め手に欠ける。済まないが次回までにもう少しデザインを検討しておいてくれ」

「かしこまりました」

「えっ!?　そんなことしなくて大丈夫ですわ……！　迷っているだけで……」

「だめですわサラ様。ウエディングドレスとは花嫁だけのもの。謂わばサラ様にとってのアーデナー卿のようなもの。迷うものではないのです……そう！　私のドレスはこれよ‼　と運命を感じるものなのです……‼」

「わ、分かったわ……それじゃよろしくお願いするわね……」

サラ、今は亡き婚約者の両親にご挨拶を

ウエディングドレスの試着をしてから数日経った頃。

サラは膝下の長さまである黒色のワンピースに身を包んだ。髪の毛は後ろで一つに纏めてもらい、薄く化粧を施して装飾品は着けずにエントランスへ向かう。

見間違えるはずのない漆黒の髪の婚約者を視界に収め、サラは後ろから声を掛けた。

「カリクス様、お待たせしました」

「サラ。……行こうか」

「はい」

以前行ったピクニックでの帰り道、サラはカリクスに両親の話を聞いてから、ずっと彼の亡くなった両親を弔いたいと思っていた。

その思いを口にしたのは昨日のことだ。

サラとカリクスは早めに仕事を終えた今日、公爵邸から馬車で二十分程度のところにある教会墓地へと足を運んだのだった。

黒い正装に身を包んだカリクスの隣で、サラは庭師のトムに許可を得て摘んだ花を纏めて花束を作り、それを両手に抱えている。

白い花――クリスマスローズは生前カリクスの母であるセレーナが大層好きだった花らしい。

基本的にクリスマス頃の寒い時期に咲くとされているクリスマスローズは、その他の季節に栽培するのは非常に難しいらしい。

トムは前公爵――カリクスの父の代からずっと屋敷の庭師を任されていて、どうにかその栽培方法を確立したとか。

いつでもクリスマスローズが見られるなんて嬉しい、と喜んでいたセレーナの顔が目に浮かぶと、トムは懐かしそうに語っていた。

「サラ、ここだ」

カリクスが立ち止まり、サラもそれに続く。綺麗に管理されている墓前にしゃがみ込み、サラはお花を供えると再びカリクスと肩を並べた。

「カリクス様は来たのはいつぶりですか？」

「去年のクリスマス以来だな。年は違うが二人共クリスマス付近に亡くなったから」

「そうなのですね…………」

風が吹くたびに、供えたクリスマスローズがふわりと揺れる。

ぱたぱた……と足音が聞こえたので、サラとカリクスは振り返った。

「アーデナー卿」

「司教か」

「お久しぶりでございます。息災で何よりです。その、少し相談があるのですが」

「分かった、行こう。……済まない、すぐに終わるから待っていてくれ。奥にベンチもあるから」

「はい。大丈夫ですので、ごゆっくりしてきてくださいませ」

言いづらそうにしていた司教。おそらく教会の管理費についての相談だろうと察したサラは簡易的な挨拶を済ませて二人の背中を見送った。

まだ婚約者の段階で、領地の教会についてはサラの管轄外なので相応の判断だった。

カリクスの両親の墓前で、一人になったサラは思いを馳せる。

カリクスと出逢ってから、世界が変わったみたいに明るくなったこと、広がったこと。愛を与えられる喜びも、愛を与える尊さも知ったこと。

伯爵邸にいた頃には知り得なかった高度な知識にも触れ、最近では友人も出来たこと。

サラはスッと目を閉じて、祈りを捧げた。

「絶対にカリクス様を幸せにしてみせます……ですからどうか、見守っていてください」

――ズズ……。

その時、足を引き摺るような足音に、サラは目をパッと見開き、振り返る。

そこに居たのは目深にハットを被った人物。体格からして男性であることは間違いなく、一目見ただけで高貴な身分だと分かるような衣服を身に纏っている。

ただ、この場においての正装ではないことから、なにかのついでにここに訪れたのか、それとも常識がないのか、どちらなのかは不明だった。

男は左足を引き摺りながら、サラの目の前で立ち止まった。

「失礼だが……君はこの二人とはどういう関係だい？」

「えっ、それは――」

初対面で名乗りもせず、いきなり問いかける言葉としてはやや失礼だろう。

サラは腹を立てるなんてことはなかったが、直ぐに返答するのは憚られる。

いくら高貴な身分かもしれないとはいえ警戒心を持ったサラ。

口をきゅっと結んだサラに男は口を開く。

「いきなり済まないね……。私は、ここに眠る女性の知り合いでね……。生前良くしてもらったから今日は仕事のついでに挨拶に来たんだ。彼女の好きだった、この花を供えたくて」

「ああ。おや、もうクリスマスローズが供えてあるね。もしかして君が？」

「それは――クリスマスローズ……」

「はい。そうですわ」

「そうかい。……それはありがとう」

顔が見えなくたって分かる。目の前の男性は今、優しく微笑んでいる。

普通ならばこの季節に育たないクリスマスローズをこの場に持ってきているということは、セレーナについて詳しく、かつとても大切に思っているということだ。

サラは警戒心を解いて、ゆっくりとカーテシーを行う。男もそれに倣い、ハットを取ると頭を下げた。

流れるような動きに間違いなく貴族であるとサラは悟る。

「私はこのお二人の嫡男である公爵閣下の婚約者――サラ、と申します」

「……！　そうか、君が……彼の……」

家名を言わなかったのはファンデットと名乗りたくなかったわけでも、マグダットと名乗って良いのかと迷ったわけでも無かった。

サラはこれでも公爵家に来てからというもの、貴族界隈の殆どの人間を把握している。

もちろん顔は見分けられないが、その分年齢や爵位などの情報や、調べられるだけのその人物の癖、もちろんどんな仕事をしているか、本人が周りにどう評価されているかなど、症状の欠点を補うために、サラは頭に叩き込んである。

しかしそんなサラの頭の中の情報に、目の前の男が当てはまるものは無かった。

声の具合から年はおおよそ四十から五十歳。細身で左足を引き摺っており、セレーナに詳しいということはそれなりに昔から公爵家と親しい人間の可能性が高い。

（この方は……誰なの……？）

国内で当てはまらないのならば考えられるのは他国の者。

貴族のプライベートには干渉しすぎないこともマナーの一つなので、家名は明かさなくとも構わないだろうという判断だった。

だからサラは相手が名乗らないことにも深く追及しなかった。

「もうすぐ公爵閣下はお戻りになると思いますがどうされますか？　お待ちになりますか？」

「――いや、やめておこう。私はこのクリスマスローズを供えに来ただけだからな」

「……そうですか」

サラはすっと身を引いて、男性が花を供える様子をちらりと見る。

かなり慣れた手付きだ。きっと何度も来ては供えているのだろう。知り合いという関係柄にしては行動が伴っていない気がするが、言うべきことではないと口を閉ざす。

失礼かとも思ったが片足が不自由だと立ち上がるのは大変だろうと手を貸すと、ありがとうと言って手を取る男性。

「それでは」と帰ろうとするのでサラがもう一度頭を下げようとすると、男性は何かを思い出したのか、ピタリと動きを止めた。

「人生の先輩として、一つだけアドバイスがあるんだが」

「は、い……？」

「幸せにしようとするだけではだめだ。君も一緒に幸せにならないと、本当の幸せはつかめない」

「……‼」

「では」と今度こそというようにゆっくりとした足取りで帰っていく男性に、サラは背中を見つめながら立ち尽くした。

祈りを聞かれていたことに驚いたというよりは、そのアドバイスをまさにそのとおりだと思ったからだ。

（私も幸せに……カリクス様と一緒に……ずっと幸せでありたい）

新たな祈りを胸に刻むと、こちらに向かって歩いてくる足音にサラは笑みを浮かべる。

足音だけで分かるようになるなんて、サラ自身も夢にも思っていなかった。

「カリクス様お帰りなさい」

「ただいま。一人にして済まなかった。変わったことはなかったか？」

「変わったこと、ですか」

——あるにはあった、のだが、サラは言葉に詰まった。

カリクスのことも知っているはずなのに会おうとせず、けれど故人の好きなものをわざわざ供えにきて、初めて会ったサラには的を射たアドバイスを残していった。

不思議な男性のことをなんと伝えれば良いのか——。

「そう、ですね……こんな季節にクリスマスローズを供える方が私たち以外にも居ることには驚きました」

「——クリスマスローズを？」

思い出すようにサラが語る中、カリクスは両親の墓地に供えられているクリスマスローズが持ってきたものよりも格段に増えていることに気付く。

「まさか、な——」

詳細を聞こうと思っていたカリクスだったが、それ以上口を開くことはなかった。

ただ無言でサラの手を絡め取ると、そのままクリスマスローズを見つめていた。

サラ、王妃陛下とのお茶会にてオーラを放つ

「さあさあ、サラちゃん！　クッキーもケーキもなーんでも好きなもの食べてね！　紅茶は何が良いかしら～？　アッサム……ピーチティー……うーん、どっちも捨てがたいわね～。あ、他に食べたいものや必要なものがあったら遠慮なく言ってね？　貴女は私の恩人だもの！　ちょっと、そこのフットマン早く運びなさい！」

「お、王妃陛下……そこまでお気遣い頂かなくても大丈夫ですわ！　そ、それにあのお方は――」

「優しくしてはだめよ！　ノンノン！　これで済んでいるのはサラちゃんとアーデナー卿が、穏便に済ませてくれたおかげだもの」

王宮の一角には、王妃のためだけに作られた庭園がある。

アーデナー家の庭園もそれはもう立派なものだが、王宮となると別格だ。広さも手入れの行き届き方も桁違いで、サラは見渡しては感嘆の声が漏れた。

会場についてからは貴族出の王妃専属侍女に出迎えられるという、破格の対応を受けたサラ。

そのまま案内された先には王妃が既にテーブルに腰を下ろしており、サラは淑女の挨拶を済ませると座るよう促される。

それからは急遽開かれたお茶会に参加したことへの感謝の言葉を述べられ、以前街で助けたこと

へのお礼、先日の舞踏会でのダグラムの暴挙への謝罪が口にされ、サラは丁寧な言葉で返した。

そもそも振り返ると、今回のお茶会は前述のように急遽開かれたものだった。

招待状が来たのが一週間前で、参加したのが今日——そろそろ季節は秋本番と言っても良い十月の初旬だった。

招待状には急遽故に断ってもらっても問題ないという旨が記されていたが、王族からの誘い——しかも王妃からの誘いを断れるはずもなく、サラは早馬を出して参加することを伝え、今日に至る。

王妃は国王と変わらない数の公務を請け負っているという話は有名だったので、今回の招待状のタイミングについては仕方がないだろうとさほど気にすることはなかった。突如予定が空いたのが今日しかなかったのだろう。

カリクスからも仕事は大丈夫だと言われたサラは、念には念を入れてもう一度マナーを頭に叩き込んで臨んでいた。

当初サラは自分だけが招かれる異例のお茶会に、緊張で身体がガチガチだった。

もちろん表情には出さなかったが、それは身振り手振りに多少出ていたのだろう。

王妃はサラに楽しんでもらいたいからと、明るく振る舞い、ときおり冗談を言い、サラの緊張をほぐしていった。

その気遣いとおもてなしの心にサラも応えたいと、今日は精一杯楽しんで有益な時間にしようと心積もりを済ませる。

暫くすると「サラちゃん」と呼ばれるくらいには打ち解け、王妃と二人でお茶会なんて二度とないだろう機会に、沢山話を聞きたいとサラは前のめりになった。

――そうして、話は少し戻るのだが。

王妃に命令をされたフットマンは、慣れない手付きでお菓子を運んできた。周りの侍女やメイドと比べると明らかに見劣りし、正直見ていられない。

せめてもの笑顔も浮かべず、極めつけはお菓子をテーブルに置く際、わざとらしくドカッと音を立てた。

王妃は笑顔のまま、ピキ……と青筋を立てると、ササッと後ろに控える侍女から手渡された扇子で、そのフットマンの頬を軽く叩いた。

「客人の前でなんて無礼な態度なの!? 恥を知りなさい、恥を!!」

「いっ、痛いです母上!! 何故私がこんな扱いを受けなくてはならないのですか!!」

「今はお前の母親ではなく王妃として言っています! 口を慎みなさい、この愚か者!!」

――ペチン! と今度は扇子でフットマンの胸あたりを軽く叩く王妃。

サラは事前に聞かされていなかった状況に困惑したものの、一応後で不敬だと言われたくはなかったので席に着いたまま軽く頭を下げた。

「ご無沙汰しております……ダグラム殿下……」

「サラ!! 母上に進言してくれ!! 私をこんな扱いから早く解放して、王子として扱うようにと!!」

「サラ、ですって? そういえば舞踏会でもそう呼んでいたわね……あんな大勢の前で……婚約者のアーデナー卿の前で……この……不届き者がァァ!!」

「お止めください母上!!　痛い!!　痛いです!!」

ルンッとしたような可愛らしい王妃の姿はどこへやら。

鬼のごとくダグラムを叱る姿に、サラはただ小さく座っていることしかできない。

(確かに以前……殿下の扱いはお任せするとカリクス様が言っていたけれど……まさかフットマンになっていたなんて……)

公式にダグラムが王子の位を剥奪されたとなれば、それは瞬く間に貴族たち——否、国中に広がるだろう。

そうなっていないということは、ダグラムの現状は一時的な措置に過ぎず、拘束はおろか隔離もされておらず、間違いなく軽いものである。

もちろん王子として生きてきたダグラムにとって、使用人の扱いをされることはこれ以上ない屈辱ではあるのだが。体面と本人の内情とはまた別の話だ。

だからサラはダグラムの現状に口を出すつもりなど一切なかった。

判断は全て委ねてあり、ダグラムの現状をカリクスに伝えても、実害がなければどうでも良いと言うだろう。あるとすれば想像して鼻で笑うくらいだ。

「そこの騎士!!　この馬鹿を連れて行ってちょうだい!!」

「ハッ!」

「せっかくサラちゃんの前で反省している姿を見せられると思ったのに……ごめんなさいね」

「い、いえ…………」

「情けない……」と頭を抱える王妃に対し、ダグラムは騎士たちの拘束に反発しながら、大声を上げる。

まるで舞踏会の時と同じ場面を見ているようだ。サラは朧気にそんなことを思いながら、視界の中でダグラムの姿が小さくなっていくのを見ていた。と、その瞬間。

耳を疑うような言葉に、サラは全身の血液が沸騰しそうになるのを感じることとなる。

「これも全部あのペテン師のせいだ!!　アイツのせいで私はこんな目に!!　私は王族だ!!　この国の第三王子だ……！　あんな醜い火傷痕のある男に唆されてはいけません母上!!　家族でしょう⁉　私を信じてくださいよ!!　それにどうしてです……？　なぜこんな誰でもできる仕事をさせるのですか……⁉　少し舞踏会で騒ぎを起こしただけではないですか!!　私はここにいるサラのためにやったこと！　そうだ……なあ、サラ……!!　私は君が好きだ!!　昔、お茶会で一目惚れしたんだ!!　私と結婚しよう!!　あんな男よりも君を幸せにしてやろう!!　私は愛する君のために――――」

――ガタン!!

両手をテーブルに突き、サラは勢い良く立ち上がる。

「王妃陛下……私事ではありますが殿下に少々お聞きしたいことがございます。……許可を頂けますでしょうか」

「え、ええ。構わないわ……」

目が一切笑っていないのに、口元だけは弧を描くサラ。

王妃は他国の海千山千の重鎮を相手にしてきたつもりだったが、今までこれ程背筋が凍るような空気に当てられたことがあっただろうかと記憶を辿る。無意識に額に汗が滲んだ。

「ありがとうございます。寛大なお心、感謝いたします」

サラはドレスを摘まみ、優雅にカーテシーを行うと、スタスタとダグラムの許へと歩いていく。

「護衛の方、殿下を離してくださる？」

騎士たちはちらりと王妃を見て、指示を請うた。コクリと頷いたのを確認した騎士たちは、ダグラムの拘束を解いてから少し離れたところで待機する。

自由を手に入れたダグラムは、バッとサラに駆け寄って両肩を掴んだ。

微笑んでいるサラに対して、ダグラムは饒舌に語ろうとしたのだが。

「やはりサラは分かってくれるんだな‼　流石は私の愛したじょせ、い……だ………」

サラは表情を一切変えない。相変わらず微笑んだままだ。

だというのに、ダグラムは首を絞められているのかと錯覚するくらいに息が苦しく、声が出なくなっていく。

背中にじっとりと汗をかき、ヒューヒューと音を鳴らしながら、必死に酸素を取り込んだ。

立っていられなくなったダグラムが尻餅をつくようにして座り込むと、サラは口元に弧を描くのをやめて、顔の向きはそのままに見下ろした。

ダグラムは感情の読めないサラの表情に無意識に体が震えて、ビリビリと何かが肌に突き刺さるようだった。

「是非お考えを聞きたいのですが……。殿下は王子として、この国を担っていく者として――自分がどのような存在だと考えておられますか」

サラの問いに、ダグラムは直ぐには答えられなかった。

落ち着け、落ち着けと深呼吸を繰り返し震えが収まると、ダグラムは捲《まく》し立てるように叫ぶ。

「そ、そんなの決まっているだろう！　王族というのは生まれ落ちた瞬間から民に愛され、民に必要とされる存在だ!!　だから王子の私は偉いんだ!!」

濁りのない眼でそう言うダグラム。苦し紛れでもその場しのぎでもなく、本気でそう思っていると伝わる声色に、サラは眉尻を下げる。

(こんな考え方だから……あんなことが言えるのね)

サラは拳をギュッと握り締めて、ローズ色の口紅を引いた唇を小さく震わせた。

「恐れながら申し上げます。これは私の持論ですが、民が無条件に愛し、必要とするのは殿下が赤子のときだけですわ。それからは生活を豊かにしてくれる人物なのか、民は見定めているのです。国の為にならない王族など民からすると不要です」

「不要だと!?　貴様……！　王家を侮辱しているのか……！　許さんぞ!!」

「その王家の格を下げているのが殿下――貴方様だと、まだ気が付きませんか？」

「!?　な、にを……馬鹿なことを……っ！」

ダグラムはキッとサラを睨み付ける。

サラには表情は分からなかったけれど、大方声色から察するに、その表情に凄みがないことは想像できた。

まるで注意された内容が納得出来ずに怒り散らす子供のようだと、サラは思った。

「先程殿下はフットマンの仕事を誰でもできる仕事と言いましたが。現に殿下はまともにこなせていないのに、どうしてそのように言えるのですか？」

「そ、それは……私、には必要のない仕事で……」

「貴方様が快適な生活をおくれるのは、殿下曰く誰でもできる仕事と言われた者たちのおかげだということ、まだ分かりませんか？」

「そ、それは………」

サラは今、心の底からこの場に公爵邸の使用人が居なくて良かったと思っている。

誇りを持って支えてくれている彼ら彼女らを馬鹿にするような言葉を、聞かせずに済んだからだ。

サラにとって公爵邸の皆は家族のような存在――だから、ダグラムの言葉は許せなかった。

「それと、フットマンとして扱われることに納得いかないようですが。本来、舞踏会での殿下の行いはもっと重たい罪に問われてもおかしくないのです。しかし両陛下は殿下のこれからを守るためにこのような処遇にしたのではないでしょうか。……因みに、両陛下の裁量で構わないと仰ったのはカリクス様です。カリクス様がお優しいから、殿下は今こうしていられるのです。そんな方に……そんな、カリクス様に――」

醜い火傷痕だと言い放ったダグラムは何も特別におかしな感覚を持っているわけではないのかもしれない。火傷痕を恐ろしいと言い、忌み嫌う者だっているのは事実だ。

それでもサラは、悲しくて堪らない。火傷痕を大切なものだからと語るカリクスの思いが土足で踏みにじられて、正気でいられるはずがなかった。

気にしていないと慣れたように言うカリクスを思い出し、目の前の男に怒りがふつふつと湧いてくる。

感情のまま、この怒りをダグラムにぶつけてしまおうか。

そんなふうに、一瞬短絡的な考えになったのだけれど。

「…………っ」

視界に入ったキラリと光るネックレス。舞踏会の前夜にカリクスがくれたそれを見て、サラはふと我に返った。

(落ち着きましょう……怒りをぶつけるだけでは何も生まれないわ)

サラは舞踏会の日のダグラムに、一つだけ感心したことがあった。

それはサラがカリクスに騙されていると思い、救おうとした行動だったということ。

もちろん全てがダグラムの勘違いで、人のためだという免罪符があれば何をしても良いというわけではないことも分かっている。

サラがそうしてほしいと頼んだわけでもないし、もしそうだとしてもやりようはいくらでもある。

おそらくダグラムには、カリクスを告発すればサラと親密になれるかもしれないという計算だってあっただろう。

それでもサラからしてみれば、自身の両親と妹よりは救いがあると思った。

今ならばまだ奈落の道へ向かう前に引き返せるのではないかと、そんな確信があったのだ。

「殿下、遅ればせながら――先程の求婚の件、お返事申し上げます」

「……あ、ああ………」

美しく洗練されたカーテシー。

ダグラムはゴクリと喉を鳴らした。

「謹んでお断り申し上げます。私はカリクス・アーデナー公爵閣下を心からお慕い申しております。しかし殿下には、誰かを思い行動するという素晴らしい長所がございます。もちろん、独りよがりになってはいけません。これから両陛下や兄姉殿下からたくさんの事を学ばれてください。民はいつでも殿下の行いを見ていることを自覚してください。民から愛されるお方になってください。――どうか殿下には……この求婚を断ったことを私が後悔してしまうほどに、立派なお方になっていただきたく存じます」

「…………。あ、ああ……」

文句の一つも垂れず、馬鹿にするなと怒りを撒き散らすこともなく、サラの言葉を受け入れたダグラムに、少し遠くから見ていた王妃は目を見開く。

今まで国王と王妃は、ダグラムを放任してきた。

もちろん愛情はあったが、公務で忙しく、兄と姉が優秀で手がかからなかった為に、ダグラムの問題行動を叱ることはあっても意見を聞くことも、何がいけなかったのか丁寧に説明することもあまりなかった。

そうして今、それは間違いだったのだと王妃は悟る。

ダグラムの目を見ればそれは一目瞭然だ。その目は自らを律し、そしてこれからの未来を見据えて輝いている。

ダグラムは真正面から自身を見てくれる人間を心から渇望していたのだ。

ダグラムは意を決したように立ち上がって自身の衣服の乱れを整えると、王妃に向かって一礼し、それからサラにも一礼して見せる。

「私のせいでお茶が冷めてしまいました。わる……申し訳ございません。直ぐに入れてや……ではなく、直ぐに入れ直して参ります」

フットマンの教育を受けていないダグラムのカップを掴む手は覚束ない。カチャカチャと音を立ててしまっているし、一瞬でも気を抜けば冷めた紅茶は溢れてしまいそうだ。

しかし、そこには真摯に仕事に取り組むダグラムの姿があった。

王妃は、ダグラムの緊張している手にそっと触れた。

「ありがとうダグラム。頼むわね」

「は、はい……！　そ、それと風が少し強いので、何か掛けるものを持って、きます……！」

「ええ、気が利くのね。……ありがとう」

嬉しそうに笑うダグラムに、サラは表情が分からずともつられて頬が緩んでしまいそうになる。

生まれ変わったような表情をしているダグラムに、王妃の瞳がキラリと光った。

ダグラムが羽織を取りに行っている最中、サラは再び王妃の向かいの席に腰を下ろした。

「出過ぎた真似を致しました」と言いながらそのまま深く頭を下げ、王妃の言葉を待つ。

「あらどうして謝るの？　サラちゃんは何一つ間違ったことを言ってないわ？　それにね、これでも歳を取っているから分かるのよね……途中からダグラムに発破をかけてくれたんでしょう？　あの子を見限らないでくれてどうもありがとう」

叱責を受けるどころか感謝までされてしまい、サラは何だか居心地が悪い。

しかし相手は王妃。この感謝は受け取らなければ失礼にあたるので、サラは「お役に立てて光栄です」と言葉を述べると、王妃はサラを見てそれはもう満面の笑みを浮かべた。

「貴女がアーデナー卿の婚約者じゃなければ、どんな手を使ってでもダグラムの婚約者になってもらっていたかもしれないわね！」

「えっ」

「うふふ、あの子にはサラちゃんみたいな子がお似合いだと思ったんだけれど……アーデナー卿の婚約者だもの、仕方がないわね。いくら私でも彼を敵に回すなんて命知らずなことしないわ～」

「……あ、あはは……………」

苦笑いをするサラをじっと見つめながら、王妃は王都でのサラの様子に思いを馳せる。

あのときのサラは突如、纏う空気を変えたように見えた。逆らうことが出来ない、崇高な存在だと思わせるようなそれに王妃は気が付き、そして驚いたものだ。

サラ本人が意図的にしているのか、それとも無意識なのか。

サラの家系を遡って調べても、王族や後に救世主と呼ばれるような偉大な存在の血筋は一切入っていなかった。

つまりは血ではない——サラ本人の才能か、境遇によって培われたのか、カリクスの存在によって蝶へと昇華したものなのか。もしくはその全てか。

「個人的には、アーデナー卿よりもサラちゃんを敵に回したくないわね」

「え……？　申し訳ありません王妃陛下、何かおっしゃいましたか……？」

「何でもないわ！　さ、お茶会の続きを楽しみましょう？」

王族教育で必ず全員が読む書物の中に『世界に名を轟かす名君——王の隣には、同じく妙妙《みょうみょう》たる素質を持った王妃がいる』という文言がある。

王妃はそれを思い出し、サラのこれからの人生に出来る限り平穏があらんことを、と祈った。

カリクス、嫉妬と赤い華

お茶会が無事終わり、屋敷に帰ったサラ。

数多くのお菓子を出されたことで夕食が食べられず、部屋に戻って湯浴みを済ませると、サラはソファに深く腰を下ろした。

「サラ様お疲れ様でした。王妃陛下とふたりだけのお茶会はさぞかし気を張ったのでは？」

「そうね……けれど王妃陛下はとても気さくな方だったから、楽しかったわ」

慣れた所作でティーカップをローテーブルへ置くセミナ。

良い香りが鼻孔をくすぐり、サラはそれをこくんと一口飲みこむ。相変わらずセミナが入れてくれるお茶は絶品だ。

「美味しい……カモミールね」

「はい。お疲れかもしれないと思い、リラックス効果のある茶葉を選ばせていただきました」

「セミナはさすがね。そういえばカツィルは？」

「お疲れのサラ様にカツィルのテンションはリラックスの妨げになると思い、別の仕事を任せてあります」

「セ、セミナ…………」

当然と言わんばかりの抑揚の無さに、サラは一拍置いてクスクスと笑う。

カツィルには悪いと思いながらも、確かに一理あると思ってしまったから。もちろん大好きなことには変わりないのだが。

——コンコン。

「ふふ、噂をすればカツィルかしら？」

セミナが扉をゆっくりと開けるとコツンと響く足音。それだけでサラは現れた人物が分かったので、ふんわりとした笑みを向けた。

「カリクス様、お仕事お疲れ様です」

「ああ。今日は朝食のときにしか会えなかったから会いに来た」

「あ、ありがとうございます……？」

「ふ、なぜ疑問形。……セミナ、お前はもう下がって良い。ご苦労だった」

カリクスは軽い足取りでサラの隣へと腰を下ろす。

向かい側じゃないんだ……とは思ったものの、最近のカリクスの距離感ならばそれほど驚くことではなかったので、サラはさほど気にしていなかった。

カリクスはセミナにすっと目配せをする。さっさとふたりきりにさせろという合図である。

セミナはそれをジト目で見つめ返し、口を開く。

「サラ様、その、よろしいので？」

「え？　何が……？」

「ピクニックのときは、ふたりきりになるのを躊躇《ためら》っていましたので」

「ああ、そのこと……！」

セミナの言いたいことを理解したサラは、気恥ずかしそうにしながら両手で顔を覆い隠した。

「だってあれは……事前に、その、抱きしめたりキ……うう…………～～っ!!」

「分かりました。分かりましたからサラ様。……旦那様、お気付きかは存じませんが、口元が緩んでおりますよ」

セミナに指摘され、さっと口元を隠すカリクス。

過去のカリクスは噂のような人物ではなかったにしても、ここまで表情を出す人ではなかったなぁ、とセミナは思いを馳せる。

サラが来てからの方が人間らしくなったようで、使用人たちの間では以前よりカリクスは人気が出ていた。

そんなセミナの思いをよそに、サラは両手を太ももの上に戻して真っ赤な顔を露わにする。

そろりとカリクスを見上げる瞳が上目遣いになっていることもあってか、カリクスの喉仏はごくりと上下した。

「今日はお話しするだけ、ですよね……？」

「………………ああ」

「いやいや間《ま》。……コホン、失礼いたしました」

雇用主に対して流石に無礼だったので、セミナは謝罪すると一礼してドアノブに手を掛ける。

これ以上長居したら首が飛びそうだ。しかしサラの身もある意味心配である。

セミナは「おやすみなさいませ」と挨拶すると、最後に一言呟いた。

「襲われそうになったら大声ですよ、サラ様。では」

――パタン。

サラはセミナの言葉にぽかんと口を開いてから、瞬きを繰り返して疑問を口にする。

「私は今日カリクス様に襲われるのですか……？」

「おそらく君の襲うとセミナの襲うは違うが――どちらも起こらないから大丈夫だ」

セミナが出ていってから、カリクスは「そういえば」と言いながらサラの前に手紙を差し出した。

サラはお礼を言ってから差出人を確認すると、すぐさま内容を確認し、読み終わるとずいとカリクスに顔を近付けた。

「マグダット子爵が……！　火傷痕に対しての植物由来の薬の開発に成功したそうです……！　まだ正式なデータは取れていないそうですが、効果は期待できると……！」

「えらく早いな。夜通し夢中で研究する姿が目に浮かぶ」

「本当に凄いことですわ!!　こうはしていられません……！　メシュリー様にいち早く伝ぇ――」

「待て、サラ」

興奮で走り出しそうなサラの手首をカリクスはギュッと掴む。

ツン、と前のめりになったサラが振り向くと、カリクスは腕を引いて距離を縮めた。

驚くサラの耳元に、カリクスは口を寄せる。

「メシュリーへの手紙を書くなら明日にしてくれ。急いで届けさせるから。……今日は私とお話し、してくれるんだろう？」

「……っ、わ、分かりました、……けれどっ」

サラは空いている方の手でカリクスの肩を押して距離を取ろうとするが、カリクスの体はびくともしない。鍛え方が根本的に違うのだから、腕力で敵うはずもないのだが。

カリクスは弱々しい力で離れようとするサラに口角を上げる。

そのままもう片方の手でぐいと細い腰を引き寄せると、自身の太ももの上に誘った。

座るカリクスに向き合うようにして跨がる形となったサラは、まるで金魚のようにパクパクと口を開いて閉じてを繰り返す。心臓の音が部屋中に響きそうなほどに高鳴った。

「お待ち下さい……！　今日はお話だけだと……！」

「ああ。この体勢で話そう。……何か問題があるか？」

「〜〜っ」

（た、たしかに、話すときの体勢については何も言ってなかったけれど……っ）

こんなの詐欺だ！　とサラは目の前のカリクスをキッと睨むが「可愛い」と返ってくるだけで全く効果はなく。腰辺りも完全にホールドされ、逃げ出す術を完全に塞がれたサラは諦めて体の力を抜いた。

恥ずかしそうでもあり、やや不満げな顔のサラの表情をカリクスは楽しそうに見つめる。

「それで、今日のお茶会はどうだった？」

王妃に直々にふたりきりのお茶会に誘われるというのは、令嬢にとって名誉そのものだ。

王都での件、舞踏会での件、今日のお菓子を食べすぎて夕食が食べられないと言っていたことから、さぞかしもてなされたのだろう。

社交場に不慣れなサラでもふたりきりならば、それほど神経を研ぎ澄ます必要はなく楽しめたのではないか。そう思ってカリクスは問いかけたのだが――。

「た、楽しかったですわーー。何も問題はありませんでしたわーー。おほほほーー。平穏無事バンザイですわーー」

「…………ほう」

何かがあったことを確定するサラの『棒読み』に、カリクスは想像力を働かせる。

王妃の前でサラが何か大きな失敗をした――ないだろう。

実はお茶会には他の参加者もいて困惑した――これもないだろう。

王妃が実はサラを嫌っていて嫌がらせでもされた――これも考えにくい。

王宮の使用人たちのレベルは高く、粗相をされたとも考えづらい。

王宮の中枢に招集されたわけではないから、文官に会って何か嫌味を言われたわけでもないだろう。

サラが何か気に病むようなことが起こるとすれば――カリクスはそう考えて、とある男の顔を思い浮かべてハッとする。

最近表舞台に出てこないために、王宮内で何かしらの罰則を受けているのは間違いないだろう――舞踏会で問題を起こした張本人。ダグラム・キシュタリア。

「サラ、今日第三王子と会ったか？」

「!? あ、会ってませんわーー。フットマンになってなんかいませんでしたわーー。うふふーー」

「フットマン――」

ダグラムがフットマン。なるほど合点がいった。

カリクスは多少国王と王妃の性格を知っているし、サラがあまりにも分かりやすいものだからその結論に至るのは簡単だった。

しかし問題はサラの反応である。別にダグラムがフットマンをしていようと、その姿を見ようと、たとえ少し会話をしようと、それくらいでここまで誤魔化そうとしないだろう。

カリクスはぐぐとサラの鎖骨辺りに顔を近付けて、自身が贈ったネックレスに唇を寄せる。

「第三王子と何があった。言え。言わないと――」

「ヒィ……!!」

サラの首元にあるネックレスから唇を離すと、カリクスは首筋にふぅ、と生暖かい吐息を送る。

そのまま左手で細い腰を、右手では華奢な肩を抱いて逃さないようにすると、カリクスの首攻めは始まったのだった。

「う、うひゃぁぁあ……!! あははっ、待っ、やめ……っ!! ひぃっ……！」

「言わないと止めない」

舐めたり啄《ついば》んだり、ときおり弱い力で噛み付いたり。

普段では聞くことのできない笑い声を上げるサラは首がとてつもなく弱かった。――擽ったいという理由で。

カリクスはそれを知っているので容赦なく攻める。

気分がどうこうとかふたりきりだからどうこうではなく、今日はサラに口を割らせるための手段だった。

「ま、待ってぇえっ!! あははっ! 言いますから……!」

――ピタ。

サラが話すというので、カリクスはサラの首から顔を離す。

念の為逃げられないように、腕のホールドはそのままだった。

サラは「ハアハア……」と乱れた息を肩を上下させながら整える。

「その、実は――殿下に求婚、されまして……」

「……!? 求婚、だと」

「お、お断りしましたからね!? 私は……カリクス様を、その……お慕いしていますので、と……。

殿下もそうかと仰って……! きちんと分かってくださいました!! それにその、殿下は心を入れ替えてくださったみたいで、もう舞踏会のような非礼はしないと思いますわ」

「だから問題ありませんよ……!」とカリクスを安心させるために言うサラ。

ことの流れは理解できたし、サラがきちんと断ったことも分かる。ダグラムの心の入れ替えについては今後見ていけば分かることだろう。

良い気分の話ではないが、実害はないし、もう大人なのだからこれくらいは広い心で受け入れるべきだ。

それならば良いんだ、と慌てるサラの頭を撫でてやるシーンなのだろうが。

カリクスは歯を噛みしめると、ギリリ……と心地良くない音が部屋に響く。

「気に食わない」

「え……？」

「あの王子――やはり処遇は私が決めれば良かったな」

「カリクス様……？　そ、そんなに怒らなくとも……」

サラが求婚された件を隠したかったのはやましいところがあるわけではなく、カリクスが嫌な気分になるかもしれないと思ったからだ。

とはいえ、流石にここまで怒りと苛立ちを孕んだ声になるとは思っておらず、サラはカリクスの考えを少しでも理解したくておずおずと頬に手を伸ばそうとした。――しかし。

「……あ、あの、カリクス様……？」

その手は肩を抱いていたカリクスの右手に囚われてしまう。そのままカリクスは再び唇をサラの首筋へと寄せると、ぢゅ、と音を立てて吸い付いた。

「ひゃっ、んん、いたっ……」

チク、と吸われているところに電気が走ったような痛みを感じる。

サラは味わったことのない種類の痛みに顔を歪めると、満足したのか唇が離れていった。

カリクスはぺろりと舌舐めずりをしながら、サラの首筋のそれをじいっと見つめる。

「何を、なさったのですか……？」

「大丈夫。恋人や夫婦なら皆していることだ」

「は、はぁ……」

明確な答えではなくはぐらかされていることにサラは気が付いたが、声色が明るくなったので口には出さなかった。

それからカリクスは元に戻ったのか終始機嫌が良かったので、サラは首筋にナニをされたのか、という疑問をすっかり忘れたのだった。

◆◆◆

「サラ様、この首の痣どうされたのですか？　お薬塗りますか？」

「痣？」

次の日の朝、遅めの身支度をしているとき、髪の毛を解いていたカツィルが指摘したことが始まりだった。

サラは前夜の出来事を思い出し、あの痛みは痣にまでなっていたのだと知る。

顔を斜めに傾けて鏡に映る首筋を確認すれば、確かに赤い。

蚊に刺されたような膨らみはなく、身体をどこかにぶつけたときにできる痣と酷似している。

（痛みはないけれど……不思議な痣ね）

サラは痛みもなく然程気にすることはないだろうと平然としていると、カタンと何かが落ちた音に振り返る。

セミナが手に持っていた髪飾りを落としたらしい。

「大変ー!! 傷付いてなければ良いのですが……」

拾い上げたのはカツィルだ。セミナは目を点にしてぼんやりと立ち尽くしている。

サラは立ち上がってセミナの前で手を振り、名前を呼んでみせた。

するとセミナはカッと目を見開き、ぬぬっとサラに顔を寄せる。

「襲われそうになったら大声ですよと忠告しましたのに何ですこれはいえサラ様を責めるのはお門違いというものヴァッシュに言いつけて旦那様には鉄槌を――」

「待って!? 落ち着いて!? 私はこの通り襲われてないわ……!?」

「そういうことではありません私が言う襲うとは――うん? ちょっと待ってください」

「ええ、待って! そのまま落ち着いてセミナ!」

怒涛の早口の次にはパタンと動きを停止して考え始めるセミナ。

数秒目を閉じて腕組みしてから、考えがまとまったのか普段の通り落ち着いた雰囲気である。

「確かに襲われていたらサラ様が普段通りな訳がありませんね」

「う、うん……?」

「セミナ、サラ様はお力が弱いんだから、旦那様に襲われていたら今頃ぺちゃんこよ」

「――何故私が少数派なのか……」

サラもカツィルも男女間での襲うの意味を理解していないことに、セミナは小さくはぁ、とため息をついた。

定期的にカリクスが哀れになるセミナであった。

身支度が済んでから、サラはカリクスと朝食をとって、執務室へと足を運ぶ。

家臣たちと議論を交えながら仕事にあたっていると、ドタドタと部屋にまで響く足音に、サラは振り返って扉を見た。

ガチャン!! と大きな音を立てながら入ってきたカツィルは、肩で息をしながら「旦那様!!」とカリクスを呼ぶ。

「何だ騒々しい。何かあったのか」

「そ、それが今……急遽……来られまして……」

「誰がだ」

「執事長が対応して……その……!!」

「落ち着け。だから誰が来たんだ」

「殿下が――メシュリー第一王女がいらっしゃいました……!」

サラ、メシュリーと養父の許へ

カツィルから飛び出した名前に、勢い良く立ち上がったのはサラだった。

そんなサラの様子に、カリクスは一日仕事を家臣たちに任せてから、サラと共に執務室を後にする。

「メシュリー様……!!」

早足に向かいカリクスに続いて応接室に入ると、ガチャン！　と大きな音を立てて扉が閉まる。

サラは今日一番の花が開くような笑顔を見せた。突然の訪問に驚いたり不思議に思ったりするより、友人が来てくれたことが嬉しかったから。

メシュリーは、サラの登場にソファから立ち上がる。

その様子をメシュリーの護衛騎士が後ろから見ているようだ。

「サラ！　ごめんなさいね、急に……いてもたってもいられなくて……！　手紙を読んでその足で来てしまったの……」

メシュリーの手に握られているのは、サラが朝一番に書いた手紙である。

昨日カリクスが言っていたように迅速に届いたらしい。

サラはメシュリーの逸る気持ちが痛いほどに理解できたので、パタパタと駆け足で駆け寄った。

護衛が警戒してサラを制しようとするのを、メシュリーはぱっと手を上げて止める。護衛の男はすっと身を引いて後ろへと戻った。

サラはメシュリーの両手をそっと握り締める。

「お気持ち分かりますわ」

「サラ…………」

「……メシュリー。一応私もいるんだが。あといきなりの訪問はやめてくれ。護衛をつけているとはいえ、お前は王女だろう」

ハァ、とため息をついたカリクス。

とはいえメシュリーの事情を知っているので、そこまで本気で怒るつもりはないのだが。

何にせよ人払いをしないと出来ない話の内容なので、カリクスはヴァッシュを下がらせる。

続いてメシュリーも護衛たちを下がらせると、三人はソファに腰を下ろした。

「――で、マグダットの薬の件、実験段階ではあるが良かったな。ここまで早く出来たのはサラが夜通しお前のために本を読み、その知識をマグダットに助言したおかげだ。サラに感謝するんだな」

「えっ」

「そ、そこまで凄いことはしていませんわ……!! 私にはこれくらいのことしか出来ませんもの」

謙遜するサラに、ジーンと目頭が熱くなるメシュリー。

近い将来養父になるマグダットに、ただこの件を伝えてくれただけだとメシュリーは思っていた。

実際それだけで十分ありがたいのだが、まさかサラ本人が調べ、尽力してくれているなんて夢にも思わなかったのだ。酷いことも沢山言ったというのに。

「サラ………」

「はい、メシュリー様」

「うっ、うっ………」

「メシュリー様⁉　どうされたのですか⁉」

メシュリーの嗚咽に、サラはおろおろと慌てふためく。

カリクスにはメシュリーの泣いている理由が分かったので、隣に座るサラを落ち着かせるようにぽんと頭に手を置いた。

「自分のためにここまでしてくれて嬉しいと、メシュリーは泣いているんだ。つまり嬉し泣きだ、心配しなくて良い」

「そうなのですか………？」

「そうよぉ‼　ここまでしてくれるだなんて思わなかったのよぉ‼　サラありがとうぅ‼　なんで貴女こんなに良い子なのよぉ‼　カリクスには勿体ないわよおお‼　うわぁーーん‼」

「最後のは要らないだろ」

それから暫くして、涙が引っ込んだメシュリーは「コホン」と咳払いすると、ちらりとカリクスを見た。

サラを見る目、頭を撫でる手付き、どれをとっても優しいの一言に尽きる。

事情があったとはいえ、こんな男と結婚したがっていたなんて笑えてくる。カリクスがこうなるのは、サラの前だけだというのに。

それもこれも、サラの優しさを知った今ならば納得だと、メシュリーはしみじみ思う。

「ねぇ、カリクス。私ずっと貴方に言わなければいけないことがあったわ」

「……何だ、改まって」

カリクスのキリッとしたアッシュグレーの瞳がこちらを見ると同時に、メシュリーはゆっくりとした動作で頭を下げた。

「おい、どうし——」

「貴方が火傷を負ったのは、そもそも私が護衛も付けずに別荘へ遊びに行ったから。……本当にごめんなさい」

「…………」

「メシュリー様…………」

メシュリーはこのことをずっと謝りたかった。しかし火傷痕が残ったメシュリーはしばらく塞ぎ込んでいて、身体が元気になってからもカリクスに会うと、火傷を負ったときの恐怖が蘇りそうでなかなか会えなかったのだ。

年月が経って改めて謝罪をしようと思った矢先、前公爵であるカリクスの父が他界したことでカリクスは多忙になりその機会を逃し、落ち着いたと思ってもカリクスが社交界に出てくることはなかった。

火傷痕のことを噂され、貴族たちに忌み嫌われていることも分かっていたので、罪悪感に苛まれたのは記憶に新しい。

カリクスの人生を最悪の方向に変えてしまったと、メシュリーは合わせる顔が無かったのだ。

「ずっと言えなかったのは私が弱かったからだわ……本当にごめんなさい、本当に……」

しかし以前、サラを心配してお茶会に現れたカリクス。火傷痕は痛々しかったが、その表情に陰りは無かった。

カリクスを変えたのは間違いなく、サラの存在なのだろう。

「頭を上げてくれメシュリー。悪いのはお前じゃなくてお前をつけてきた奴らだ。要らんことまで背負うな。それに私はこの火傷痕を誇りに思っている。これは母が守ってくれた証──サラは勲章と宝物だと言ってくれたな」

カリクスはサラを愛おしそうに見つめて、ふ、と頬を緩める。

「それなら、火傷痕を薄くしたり消したりすることが出来るようになっても、カリクスはそのままで良いの？」

「ああ。私はこのままで良い。サラも構わないか？」

「勿論ですわ。私はこのままのカリクス様がだいす──。ちち、違います……!!　今のは、その、つい……」

真っ赤な顔を両手で隠すサラ。ちらりと見える耳まで真っ赤になっている。

カリクスはそんなサラをこれでもかと嬉しそうな表情で見つめ、メシュリーはそのときふと我に返った。

──私は一体何を見せられているんだろうか、と。

「もういいわ。お腹いっぱいよ……。とりあえず本題に入るわね」

「本題……？　ですか……？」

何もメシュリーはサラからの手紙のお礼を言うために来たわけではなかった。

否、正確にはお礼も言いに来たのだが、一番重要なのはそこではない。

メシュリーは先程までのしおらしい態度とは一転し、王女らしい堂々たる顔付きで言い放つのだった。

「ねえ、カリクス。明日の午後までサラを貸してくれない？」

「は――？」

「え……っ！　私、ですか……？」

察しの良いカリクスでも、メシュリーの意図がぱっとは汲み取れない。

サラとカリクスが無言で頭を働かせる中、メシュリーは思わず願いを叶えてあげたくなるような可愛い声でこう続けた。

「今からマグダット子爵の屋敷に行きましょう。それで研究の成果をこの目で見たいの。だから養女となるサラには仲介役として付いてきてほしいのよ。ほら、善は急げと言うでしょう？」

「急過ぎる、却下だ」

「何でよ！　マグダット子爵には今日行くわよって早馬で連絡させているわ！　宿泊するのに子爵邸から行ける範囲に王家の別邸があるし。既にそこに人の手配もしたし、常に護衛は普段の倍はつけるから安全よ!!　サラの優秀さは聞き及んでいるから、仕事が回らないと言うなら直ぐに文官を派遣させるわ。何人欲しいか言いなさい！　ねぇサラ行きましょう……!!　お願いよ……!!」

「え、えっとですね……」

是が非でもといった様子だ。サラは自分が抜けたことにより仕事の迷惑が掛からなければ行っても構わないのだが、如何せん今までの傾向を踏まえるとカリクスが許可するとは思えなかった。

案の定カリクスはダメだの一点張りであり、メシュリーは負けじと痛いところをつく。

「ねぇ、カリクス。貴方がサラを大事に思っていることは嫌というほど伝わるけれど、それにしても過保護なんじゃない？　そもそもまだ婚約の段階でしょう？　貴方にサラの行動を制限する筋合いはないと思うのだけれど。ましてや私とサラは友人よ？」

「それは――」

ぐうの音も出ないとはまさにこのことである。カリクスは数秒口籠ってから、サラの方に顔を向けた。

「サラ、君はどうしたい」

「私は――」

◆◆◆

メシュリーの行動力には目を瞠るものがあった。

一秒でも早く子爵邸に行きたいようで、護衛へ次々に指示を出したり、約束通りすぐさま公爵邸に文官を派遣させたり。

サラが一泊用の荷造りを終えると、それもすぐ馬車の荷台へと積まれ、準備は整ったようだった。

「さて行きましょう！　すぐに行きましょう！」

メシュリーは早くというようにサラの手を引っ張ると、カリクスはそれを割って制した。

「先に馬車に乗っていろ。サラと別れの挨拶くらいさせてくれ」

「別れって、たったの一日じゃない」

「うるさい」とポツリと呟くカリクスに、メシュリーは渋々といった様子で先に馬車へと乗り込む。

ヴァッシュやセミナ、カツィルといったいつもの面々に「行ってらっしゃいませ」と見送りの言葉をもらったところまでは良かったのだが、そんな皆の前でカリクスはサラをギュッと抱き締めた。

「丸一日会えないと思うと寂しいな」

「カカカ、カリクス様……！　皆がいますからっ」

「じゃがいもと人参と玉ねぎだと思えば良い。気にするな」

「それは無茶では……⁉」

力強くぎゅうぎゅうと抱き締めるカリクスは、どうやら離す気は無いらしい。

力で勝てるはずもなく、サラは諦めたようにカリクスの背中に手をやって優しくポンポンと叩く。

「大丈夫です。私の帰る場所は、カリクス様のもとです」

「…………分かった。マグダットによろしく頼む」

「はい、承りました」

逞しい腕から解放され、サラは完全に油断していたらしい。

カリクスの手が再び伸び、自身の後頭部に触れたと気が付いた次の瞬間だった。

「サラ、道中気をつけて」

「行ってきま――」

カリクスとゼロ距離になったかと思えば奪われた唇。間違いなくセミナたちに見られているだろう状況。

サラは唇が離されると、真っ赤な顔で瞳を潤ませて、勢い良く馬車に乗り込んだ。

その姿をカリクスが満足そうに目で追っている様子に、ヴァッシュはほほほと笑いながらぽつりと呟く。

「旦那様の溺愛ぶりもここまで来ると見るものに殺意を与えますすな」

「同意ですヴァッシュ。鉄槌を下すならお手伝いしましょう。あのままではサラ様が羞恥心で寝込みます」

「ほっほっほっ」

「えっ、羞恥心で寝込むことってあるんですか!?　セミナは物知りですね!!」

「…………」

「ほっほっほっ」

◆◆◆

景色が少しずつ移り行く。

馬車に揺られて暫く、メシュリーはソワソワと落ち着かない様子だった。

長年の悩みが解消されるかもしれない代物を見に行くのだから、それは当然の反応だろうとサラは思っていたのだけれど。

「ねぇ、サラ」

「はい」

「その、その…………」

「…………どうかされましたか？」

何か言いづらそうにして俯いているメシュリーに、サラはどうしたのだろうと小首を傾げる。

「あ～」「う～」と唸り声をあげたメシュリーは、自身の太ももを一度叩いて喝を入れるとサラに向き直った。

「一度しか言わないわ……！」

「へっ!? あ、はい……！」

「自分可愛さにカリクスと別れてなんて言ってごめんなさい……！　なんの苦労もしてないなんて酷いことを言ってごめんなさい……っ!!」

「……！　メシュリー様…………」

正直な話、サラはその話をすっかり忘れていたくらいだった。

メシュリーという女性がどれだけ身体のことを悩み苦しんできたのか、今回の薬の件で少しでも救われてほしいと、そんなことばかりを思っていたから。

王女のメシュリーは簡単に謝ることもできない身分だろうに、こうも素直に頭を下げられたら。サラは穏やかな笑みを浮かべて、メシュリーに「頭を上げてくださいませ」と柔らかな声色で言うのだった。

「しかと謝罪は受け取りました。この話はもうおしまいですわ」

「……ありがとう」

「それに私たち、もうお友達ですもの……!!　うふふ、お友達……なんていい響きなんでしょう……！　メシュリー様とお友達……お友達……!!」

「何度も言わなくて良いわよ!!　小っ恥ずかしいわね！」

怒った口調ではあるが、恥ずかしさを孕む声色にサラはどうも口元が緩んでしまう。

そういえば、と話を切り替えたのはメシュリーだった。

「ダグラムの件もありがとう。お母様から聞いたわ」

「いえ、大したことはしていませんわ……！」

「謙虚ね。ああ、そうそう。ダグラムといえば、あの子カリクスをオルレアンのスパイだのなんだの言ってたじゃない？　そのオルレアンの国王が少し前からキシュタリアに数週間滞在しているの、知ってた？　もちろん外交でね」

「知りませんでした……！　アーデナー家はオルレアンと交流がなくて」

「そうよね」

オルレアン王国。キシュタリアよりも国土は大きく人口も多く、世界でも有数の大国である。

国王の一人息子がそろそろ代替わりをするのではという噂を、サラは聞いたことがあった。

「そのオルレアンだけど、とある言い伝えがあるのよ」

「と、言いますと……？」

「結婚式のときのドレスなんだけど、母親だったり姉だったり、近しい人が着たドレスを着ると幸せになれるって言われているらしいの。サイズなんかは手直しするらしいけど、私は嫌だわ……一生に一度なんだから、私だけの新品のドレスが良いもの」

「うふふ、メシュリー様のドレス姿楽しみですねぇ」

「私は暫く予定はないけどね」

ウエディングドレスは比較的上半身の露出が多いデザインだ。

今まで火傷痕のことで無条件に考えないようにしてきたメシュリーだったが、口に出すと現実味が増してくる。

こうなれたのもサラが力になってくれたおかげだった。――見せる相手はいないのだが。

「カリクス、サラのウエディングドレス姿を見たら天使だの妖精だの言うんじゃない？　流石にそこまでは言わないかしら」

「…………。あははは」

もう既に言われた、と言いづらかったサラは乾いた笑みを溢した。

◆◆◆

マグダット邸に到着したのは夕方だった。

一度王都で馬車を降りて昼食をとっていたので、予定より遅くなってしまったのである。

サラはメシュリーと共に馬車を降りると、五人もの護衛を引き連れて屋敷へと足を踏み入れる。

相変わらず一人で切り盛りしているらしいグルーヴに応接室に案内されるのだろうと思っていたサラだったが、案内されたのは屋敷の外にある植物園だった。

「こちらになります。申し訳ありませんが、私は夕食時の支度がありますのでこちらで失礼します。ごゆっくりなさってください」

「グルーヴさん、ありがとうございます」

一礼して下がるグルーヴにお礼を言ってから、サラはガラス張りになっている植物園へと足を踏み入れた。

屋敷よりも立派なそこは、マグダットの植物博士の名が伊達ではないことを証明していた。

「どこにいるのかしら……」

「あ、メシュリー様あちらに……！」

緑あふれる植物園の中の一画にある、やたらと機械が置いてあるスペース。

そこにあるもじゃもじゃした髪の毛。うつ伏せになって倒れている姿を目にしたサラは慌てて駆け寄って、トントンと肩を叩いた。

「養父様《おとうさま》……!!　大丈夫ですか⁉」

「うっ……サラ、さ……ん……」

「まさか実験に失敗して怪我でも――」

――ぐぅ～。

「えっ」

「お腹が……空きました…………」

そこでマグダットは力尽きた。原因は実験に夢中になりすぎた故に食事を抜いていたためだった。

「す、すみませんサラさん……ご迷惑を……殿下も……ぶつぶつ……すみません」

あれから護衛の者に頼んでマグダットを屋敷まで運んでもらうと、グルーヴは「またですか」と言いながら慣れた手付きで食事をマグダットの口元へ運んだ。

すると良い匂いにつられてマグダットは目を覚まし、なりふり構わず料理を口にかきこんだのがついさっきだ。

仕事ができるグルーヴはサラたちの分の食事ももちろん用意しており、少し早い時間だが全員が食べ終えると応接室に移った。

メシュリーは護衛たちを部屋の前と屋敷の前に各々配置すると、サラの隣に腰を下ろして目の前のマグダットに声を掛けた。

「マグダット子爵、この度は急な訪問申し訳ありません。受け入れていただいたこと感謝いたします」

「い、いえ……その……遠いところに殿下のような方が……よよよ、ようこそぉ……」

「養父様《おとうさま》落ち着いてください……！　大丈夫ですから！　メシュリー様はお優しいですから!!」

ぶつぶつと何かを言いながら挙動不審な態度をとるマグダットを見て、メシュリーは「この方が本当にマグダット子爵なのよね？」とサラにこそこそと耳打ちするので、サラは大きく頷く。

メシュリーはどうやらマグダットの性格を熟知まではしていなかったらしい。

「で、では……ぶつぶつ……早速研究結果……の、前にサラさん…………一つ報告があるん、だけど……」

「はい、何でしょう？」

「僕と君の養子縁組が正式に受理されたよ……ぶつぶつ……こんな早期のタイミングは……特例だけど、カリクスが根回ししたのかもしれないね」

「まあ……！　そうなのですね……カリクス様が……それは、有り得ますね…………」

これで胸を張ってマグダットを名乗れる。

両親と妹の罰が確定した時点で、カリクスが国の中枢に養子縁組の受理を急がせたのは想像に容易かった。

「そ、それじゃあ改めて……ぶつぶつ……研究の成果なんだけど、これを」

透明な丸い瓶をすっとテーブルの上に置いたマグダット。

瓶の中には乳白色のクリームのようなものが入っており、メシュリーは手に取ると手首をくるくると動かして観察する。サラも隣から覗き込んだ。

「これは何の植物から出来ているのです？　マグダット子爵」

「よっ、よくぞ聞いてくれました!!　これはアルエという植物を一度乾燥させてから粉末状にしてその中にドグットという樹の実を混ぜ合わせてそこに塩と――それで混ぜて――そしたら熱を加えて――その後は――」

「す、凄いですわ養父様《おとうさま》!!　まさかそんな方法があったなんて……!!」

「何を言ってるんだサラさん……!!　君が送ってくれた手紙に書いてあったアルエの使い方!!　僕が考え付かなかった別の角度の意見があったからこそ、生まれた結果なんだ!!　これは!!　君の成果でもあるんだ!!」

まるで何かが憑依したみたいだ。先程とは全く別人のように植物のことを語るマグダットに、メシュリーは目を奪われた。

正直最初は男のくせにイジイジしていて、ぶつぶつ言っていてどうかと思っていた。髪の毛は爆発していて身なりは整えていないし、眼鏡はダサいし。本当にこの人がマグダット子爵なのか、この人に任せて大丈夫なのかと疑ったくらいだったというのに。

子供のように目をキラキラさせ、夢見る少年のように植物について語る姿に、メシュリーの胸はトクンと高鳴る。

メシュリーはハッとして、ブンブンと頭を振った。

「ちちち、違うわ……！　違う……違うわ……!!」

「メシュリー様どうしました……!?」

「ぅっ、ぅん!!　何でもないわ……！　それで、マグダット子爵、この薬の効果を知りたいのだけれど……！　効果はあるのでしょう!?　どうそれを証明したのかしら!?」

成分や製法も大事だが、何より重要なのはその効果だ。

メシュリーの問いに、マグダットはおもむろに自身の服の袖を捲り上げる。

両手とも捲り上げると、露わになった前腕をずずと前に差し出す。

左手にある見慣れた赤色に、サラとメシュリーは大きく目を見開いた。

メシュリーは唇を震わせながら、マグダットの左前腕を指さした。

「そ、それって……っ」

「右手は火傷をしてから三日放置し、薬を三日間使い続けて綺麗になりました。左手は火傷してから二週間以上放置しつい先日薬を塗り始めたものです。まだ痕はありますが……格段に薄くなっています。これらから考えられるのは――」

「ちょ、ちょっとお待ちになって……！　子爵は……この実験のために自ら火傷を負ったというの……？　それにその左手の方に至っては、まだ薬が出来上がってもいなかったはずじゃあ――」

信じられないといった表情のメシュリー。

いくら植物の研究が好きだと言っても、ここまでするだなんて。

火傷の瞬間の痛み、その後しばらく続く苦痛を良く知っているメシュリーは顔を歪める。

作るだけ作って、メシュリーを実験台にして効果を観察する方法があったはずだ。メシュリーは喜んで身体を差し出しただろう。

マグダットが自身の腕を実験台にする必要なんて無かったはずなのだ。

――しかしマグダットは、当たり前かのように言ってのける。

「今まで辛い思いをしてきた殿下に、効果の立証されていないものを献上するわけにはいきません。

僕の腕の火傷くらい、どうってことありませんし、これが僕の――植物を扱う者のポリシーです」

――トゥンク。

メシュリー、気持ちの正体を知る

「サラどうしましょう……私あの方に……マグダット子爵……いえ、プラン様に恋をしてしまったわ……!!」

「えええええええっ…………!?」

夜、王家の別邸にて。

サラが用意された部屋で寛いでいたときのことだ。勢いよく入ってきたメシュリーはいきなりマグダットへの思いを告白すると、サラの両肩を掴んだ。

「だって仕方がないと思うのよ!?　あんな弱々しい感じなのに、植物のことを語るときは目をキラッキラにしていて可愛らしいかと思いきや、私のために自分の体を傷付けてまで研究をしてくれただなんて……!!　格好良すぎないかしら!?　好きにならないはずがないわ!!」

力いっぱい肩を揺らされてサラはぐわんぐわんと視界が揺れる中、思い出したのはマグダットの発言だ。

——今まで辛い思いをしてきた殿下に、効果の立証されていないものを献上するわけにはいきません。僕の腕の火傷くらい、どうってことありませんし、これが僕の——植物を扱う者のポリシーです。

確かにマグダットの発言はまるでメシュリーのためとも取れるようなものだった。

というよりは、マグダットのことをよく知らなければそう捉えておかしくないし、ときめいても不思議はない。

しかしサラは、マグダットがパトンの実の研究にほいほい乗ったことを知っている。

カリクスからは恋愛ごとに本当に興味がないから、年頃のサラが養女になることも問題ないとも聞かされている。

このことから推察するに、マグダットの件《くだん》の発言にはメシュリーへの配慮はなされているが、研究の成果のために喜んで火傷を負ったと考えて良いだろう。

これは一大事だ。早急に伝えなければならない。

サラは勇気を持ってこれを伝えようとするのだが――。

「あ、あのーーメシュリー様……」

「もう今日は眠れそうにないわ!! って、ちょっと待って⁉ 私とプラン様が結婚したらサラは私の娘ということになるのかしら⁉ 友人から親子へ……？ それはそれで素敵ね!! 友達みたいな親子という関係もあって良いじゃない……!! ウエディングドレスはどんなデザインにしようかしら……⁉」

飛躍に飛躍を重ねるメシュリーに、サラはどうしたものかと慌てふためく。

気が付けば、咄嗟に口から出ていたのは当初の目的についてだった。

「メメ、メシュリー様は……！ その、お薬は既にお使いになったのですか……⁉」

「えっ、ええ。湯浴みの後に塗っておいたわ。プラン様の見立てでは火傷の痕が長期間残っている方が消えるのにも時間がかかるみたいだから、数日でとはいかないらしいけれど……」

嬉しそうに自身の腕を服の上から擦るメシュリー。

サラは一日でも早く目の前の友人に、薬の効果が現れることを願う。

そして上手く話題が切り替わったことにホッと一息ついた。


次の日の朝、身支度を済ませたサラたちはマグダット邸に足を踏み入れる。

メシュリーに対して、一度の塗布でどれだけ薬の効果が現れるかという確認だった。

サラは目を擦りながら、植物園にいるらしいマグダットの許へ足を進める。

昨日の夜、サラはあまり寝られなかった。というのも、メシュリーがマグダットへの思いを夜通し話していたからである。

マグダットがあまり恋愛ごとに興味がないことを話しても、火傷の件は研究のためだと話しても、メシュリーの恋の導火線により火を点しただけだったので無意味だった。

長年火傷痕のことで恋愛を諦めてきたメシュリーの初恋は、どうやら壁が高ければ高いほど燃え上がるらしい。

サラが口を出すことをやめて、メシュリーの恋を応援することに決めたのは朝方だった。もう半分意識はないほどに眠かった。

「プラン様おはようございます〜！」

「養父様《おとうさま》おはようございます」

「お、おはよう、ございますお二人共……」

「プラン……？」と聞き間違いだろうかと怪訝な顔をするマグダットだったが、今は何よりメシュリーの火傷痕を確認するのが先決だ。

腕を捲るようにお願いしたマグダットは、メシュリーの腕をじぃっと見る。

「少しですが……火傷痕が薄くなっています。効果は出ているようです……！　これならひと月ほどでかなり薄くなると思います」

「やったわ！　プラン様ありがとうございます……！」

ギュッとマグダットに抱き着くメシュリー。王女として気品溢れる姿はそこにはなく、少女のようにはしゃぐ姿は可愛らしい。公式の場でもないので目くじらを立てる必要はないのだが、問題は抱き着かれたマグダットだ。

マグダットは女性経験が本当に欠片もなかった。今回の件がなければ、メシュリーのような令嬢の代名詞の女性と関わることはなかっただろう。

そんなマグダットがメシュリーに抱き着かれれば、その反応が過剰になるのも無理はなく。

「キィエエエエッ……！！！」

「プラン様も喜んでくださっているの⁉　嬉しいですわぁ……！」

「あわわわわわわ………」

「プラン様私と結婚してくださいませ!!　これはきっと運命の出会い……一生幸せにしますわ

〜!!」

「メシュリー様！　もう養父様《おとうさま》は気絶していますわっ……！　一旦ご容赦を……！」

免疫のない行為に気絶したマグダットは研究の疲労もあってか、サラたちが帰路に就くまで一度も目を覚ますことはなかった。そんな姿も可愛い可愛いと連呼していたのはもちろんメシュリーだった。

そんなメシュリーがマグダットの許へ頻繁に通い、首を縦に振るまで求婚をし続けるのはまた別のお話である。

◆◆◆

サラたちが馬車に乗り帰路に就く最中、一方公爵邸で執務に励んでいたカリクスは午後に差し掛かると、一切仕事が手に付かなかった。

ヴァッシュはそんなカリクスの様子を見ると後ろで控えながら、はぁ、と小さくため息をつく。

「サラはまだ帰らないのか」

「旦那様……先程から五分に一回のペースでお聞きになっていますが」

「…………」

「もうそろそろ屋敷に着く頃でしょう。おや、噂をすれば」

ノックをしてから入ってきたのは見習いの執事だった。

おおよそヴァッシュかカリクスに用事があるのだろう。

見習い執事がチラチラとヴァッシュを見るので何事かと近寄ると、耳打ちしてくる見習い執事にヴァッシュの頬がピクリと動いた。

「――それは、間違いないのかい？」

「は、はい！　私一人では判断できず……どうされますか？」

「…………ふむ」

ヴァッシュは顎に手を当てて考える素振りを見せると、カリクスに一瞥をくれる。

何か複雑な心境を感じ取ったカリクスは、先程までの空気から一転してピリついた空気を纏いながら立ち上がる。

ヴァッシュは見習い執事にこの件は他言無用であることと、門番にも他言しないよう伝えなさいと指示をして下がらせると、カリクスとアイコンタクトをして執務室を後にした。

カリクスが何も言わずスタスタと自室に向かうのでヴァッシュはついて行くと、自室前の廊下で作業しているメイドに場所を変えるよう指示をする。

念には念を入れてから二人は部屋に入ると、鍵を閉めてカリクスが口を開いた。

「――で、何事だ。お前のあの日、ただ事じゃないな」

「それが…………ですな………」

「……？」

「実は先の者の伝言が正しければ……今、この屋敷にある来客があったそうなのですが……。そのお方が門番にこう言ったそうなのです」

カリクスはその時何故だか、幼少期の記憶が脳内に流れ込んできた。

それが虫の知らせだったと知るのは、ヴァッシュが口を開いて直ぐのことだった。

「息子に、会いに来た、と——」

カリクス、その事実を認めたくない

何か鈍器のようなものを振り下ろされたのかと錯覚するくらいに、ガンガンと頭が痛む。

ヴァッシュの言葉がきちんと理解出来ている証拠だ。

けれど受け入れたくないと身体が拒絶するのも事実で、カリクスは立ち尽くしたまま力一杯拳をぎゅうっと握り締める。

「急な訪問ですし、お帰りいただきましょう。いくらあのお方でもこれは――」

「いや、待て」

咄嗟に出た言葉に、カリクスは自分自身にハッとする。

世界で一番会いたくない人物から逃げても良いと言われて、何故それを良しとしないのか。

（私は……過去に囚われているのか）

カリクスはサラと出会い、彼女が家族に対して執着を持っていたことを知っている。そのせいで前に進めないことも、がんじがらめになって苦しんでいたことも傍で見てきた。

愛を渇望する故の執着は、見ていて悲しさを覚えたものだ。

（いや……私は違う。もう十六年も経つんだ。もうあの人のことなど――）

境遇も違う。立場も違う。カリクスには過去を断ち切る時間はいくらでもあった。周りに愛してくれる人も居た。

それなのにどうしてこんなにも、心がざわつくのか。

(まさか私も――いや、この期に及んでまさか)

カリクスは、ギリ……と奥歯を噛み締める。

理由なんて今はどうでも良い。ただ脳内をあの人に支配されているという事実が、カリクスには腹立たしくて仕方がない。

――カリクスは今、大きな決断に迫られていた。

「ヴァッシュ。――してくれ」

「……かしこまりました旦那様」

三十分ほど自室で一人こもったカリクスは、重たい足取りで応接室に向かい、ガチャリと扉を開けた。

既に席についている男の前には、ヴァッシュが用意したお茶が一つ置かれている。

中身は綺麗に飲み干されており、毒見もいない状況でやることとは思えなかった。

久々の再会に緊張でもしているのか。カリクスはそんなことを頭の片隅で思いながら、男の向かいの席に腰を下ろす。

お互い目を合わせることはおろか、顔を見ようともせず空気は重々しい。

男を通すように指示をしたのは自分だというのに、もう既にカリクスは後悔していた。

気まずい雰囲気、重たい空気。同じ空間にいるだけで蘇る昔の忌々しい記憶。

母親が泣いている声――無力な自分。

沈黙を切るように、口を開いたのはカリクスの父と名乗る男だった。

「久しいな、カリクス。会ってくれるとは思わなかった」

「…………いきなり来ておいてよく言いますね」

カリクスはふぅ、と小さく息を吐いて、スラリとした長い足を組み替える。

カリクスの目線の先にあるのは男の顔から下だ。約十六年前の記憶では、もう少し体格が良かった覚えがある。

歳をとったからなのか、病気でもしたのか、それとも己の立場を憂いてか。

「本題に入ります。貴方がここに来たのは玉座を奪われそうになっているから、でしょう？」

「……何故それを知っている」

「キシュタリア陛下と父は昔から交流があり、私の素性を知っています。父が亡くなってからも気にかけてくださり、オルレアンの内政がごたついていることは最近聞きました。……それで、アーデナーの力が欲しいから来たんですか？　国外の有力者に声をかけて回って力を取り戻そうと――」

「違う！　…………違うんだ。私は…………」

否定するようにぶんぶんと首を振る男。会話をしてから初めて言葉に感情が乗った瞬間だった。

男はズボンをぐしゃりと掴むと、右脚を支えにしてゆっくりと立ち上がる。

その時ようやく十六年ぶりに二人の目線が絡み合った。

「私は……カリクスお前に――」

――コンコン。

男の言葉を遮るように響くノックの音に、二人は同時に扉を見た。

特にカリクスに至っては、ヴァッシュに人払いを命じてあったので、どこのどいつだと苛立ちを隠せない。

ヴァッシュだとしてもタイミングが悪すぎるため、一言言ってやろうかと扉を勢いよく開けると、目の前の人物にカリクスはパチパチと瞬きを繰り返した。

頭一つ分程度低い位置にあるミルクティー色は、会いたくて仕方がなかった婚約者のものだ。

「た、ただいま戻りました……！　ヴァッシュさんに応接室に行くよう言われて……その、大丈夫、でした？」

「……ああ。君ならいいんだ。…………おかえりサラ……。サラ……っ」

「？　どうされました……？　大丈夫ですか？」

救いを求めるような声で名前を二度も呼ばれ、ぐっと肩を掴まれる。

ほんの少し震えるカリクスの手に、サラは部屋の奥で立ち尽くす来客をちらりと見た。

帰宅直後、ヴァッシュに「旦那様の傍にいてあげてください」とだけ言われたときには何事かと思ったが、カリクスの様子がおかしいのはこの来客男性によるところが大きいのだろう。

サラは表情には出さなかったが警戒心を持ち、部屋の中に入ると扉を優しく閉める。

するとこちらに向かってズズ……と歩いてくる男性。

カリクスが横に退いてくれたので、サラは真正面にその人を見る。

左脚を引き摺るような独特な歩き方と、その足音にサラは既視感を覚えた。

（あれ……？　この方……どこかで……）

顔が見分けられないサラは歩き方や体格、または声で人を判断する力に長けている。

特に伯爵邸を出て沢山の人と関わるようになってから、その能力は格段に向上した。

無意識に相手を観察してしまう部分と、意識的に相手を観察し、失礼のないように覚えようとする部分。どちらもサラが日常生活を送る上で欠かせないものだ。

今回はそのどちらで目の前の男性に既視感を覚えたのか。そんなふうに考えていると、サラの頭にとある花の記憶が舞い込んでくる。

（そうよ、この男性は――）

サラはドレスを摘まんで膝を曲げてゆっくり頭を下げる。洗練されたカーテシーを行うと、口を開いた。

「私はアーデナー公爵閣下の婚約者――サラ・マグダットと申します。今回はお名前、お聞かせ願えますか？」

「今回は……？　サラ、どういうことだ」

カリクスの瞳が揺れる。どう考えても初対面なはずだというのに。

口振りから察するに、面識はあると考えて間違いないようで、カリクスはバッと男性を見る。

「この前ぶりだね、お嬢さん……いや、サラさんと呼んで良いかな。前回は名乗らなくて失礼した」

「私も家名を名乗りませんでしたので、おあいこですわ」

「っ、ちょっと待ってくれ、一体いっ――」

「以前、カリクス様のご両親のお墓参りに伺った際に偶然お会いしまして」

それは約二週間前、サラと共に両親のお墓参りに行ったときのこと。

夏場にそぐわない冬の花――クリスマスローズを供えた、カリクスとサラ以外の人物がいたという事実。

あのときはそんなはずはないとカリクスは思考を停止した。ただ、その事実を受け入れ難かっただけなのかもしれないけれど。

カリクスは信じられないというような目で、男の瞳をしっかりと見る。

幼少期の記憶に残る厳しく冷たい目付きとは正反対の、慈愛に満ちた優しい瞳だった。

「どうして……どうして貴方が、クリスマスローズを……母さんが大好きだった花を…………。それにその目……その目は何だ……!!　どうして今更……っ、私と母さんに何をしたか覚えているのか……!!」

「カリクス様……！　落ち着いてください!!　一体どうしたというのですか……！　この方はカリクス様の何なのですか……っ!?」

声を荒らげるカリクスの片腕に、サラはぎゅっとしがみついた。

突然のことに驚いたカリクスは少しだけ冷静さを取り戻すと、肩を上下させながら、フーフーと大きく呼吸を繰り返す。

そんな様子のカリクスに対し、男性は眉尻を下げて控えめに笑って見せる。

サラを怖がらせないようにとの配慮だった。

「話の前に……まずサラさんに自己紹介をしなければならないな」

男性はぽつりとそう呟いて、サラからカリクスへと視線を移した。

「私はそこにいるカリクスの父親であり、オルレアン王国、現国王——ローガン・オルレアンだ」

「……ま、待ってください……っ、貴方様はオルレアン王国の国王で……つまりカリクス様は……息子……？」

「…………」

サラはカリクスの片腕から離れて「本当なのですか……？」と問いかける。

直ぐ否定しないところを見ると、それは事実なのだろう。

サラはカリクスのジャケットの袖を、ツンと引っ張った。

「何か……仰ってください……っ」

「…………済まない」

「謝ってほしいのではありません……！　どういうことなのか説明をしていただきたいのです……！」

カリクスの両親は既に亡くなっているはずだ。本人からそう聞いているし、墓石にはしっかりと名前が刻まれていた。

両親のことを話すカリクスが嘘をついているとは思えず、現にカリクスはアーデナー公爵の爵位を継いでいる。

サラが意味が分からないといった表情を見せると、思い悩むカリクスの代わりに口を開いたのは男性――ローガンだった。

「カリクスは私と、あの墓に眠る彼の母――セレーナとの子供だ。セレーナは私の側室だった」

「側室…………？」

「……サラ、私から話す。……こうなってしまった以上、君には全て知っていてほしい」

そう言ってカリクスは語り始める。

自分の生い立ちを、どうして今アーデナー公爵の地位にいるのかを。

カリクス、過去を語る

雪がしんしんと降り積もる日の朝方、カリクスは産声を上げた。

当時セレーナはオルレアン王国の王宮勤めのメイドだった。

ローガンに見初められて妾《めかけ》として扱われていたが、カリクス――健康な男児を産んだことにより、側室として王宮に身を置くことになる。

セレーナを側室に、と後押ししたのはローガンではなく側近や家臣たちだ。正室が中々妊娠に至らないことを危惧し、カリクスに王位継承権を与えようとしたためだった。

ローガンはそのことにあまり前向きではなかったが、これでセレーナは「卑しい女」「慰みもの」と言われることはなく、何不自由なく暮らすことができる。

ローガンはこのとき、これがセレーナとカリクスの為になるとそう思っていた。

しかしカリクスが二歳になるという頃だった。

王宮に響いたのは正室が懐妊したということ。当時のカリクスには、もちろんそのことの重大さは理解できなかった。

平民として生きてきたセレーナに至っては、これでカリクスが王位を継がずに自由に生きられるのではないか、平民の産んだ穢らわしい子として矢面に立たされることはなくなるのではないか、と喜んだ程だった。

しかしそんなとき事件は起こる。

それは正室が懐妊したという噂が、国民たちの間にも広まりつつあるときだった。

『セレーナ、カリクス。お前たちは今日からこの離宮で暮らせ。一歩たりとも外に出ることは許さん。私が良しとしたもの以外、誰が訪ねてきても会うな』

突然離宮に連れてこられたと思えば、ローガンにそう告げられたセレーナ。理由を聞く間もなく、ローガンは去っていった。

それからはまるで外界と隔離されたような生活だった。

部屋にも常に護衛の騎士が配置され、使用人は二人、交代であてがわれ、部屋の外に出るにも騎士が付いてきた。

どうにかカリクスを外で遊ばせてあげたいと頼めば、十日に一度、一時間だけ離宮の庭に出ることが出来た。

それ以外は本当に離宮に缶詰で、自由を知るセレーナはどんどん気を病んでいった。

ときおり会いに来るローガンは忙しいのか長居することはなく、セレーナとカリクスの生存を確認してはすぐに去っていく。

それも正室の子が産まれてからは、会いに来ることはほとんどなくなった。

セレーナはローガンのことを愛していたので、その事実に日に日に生気を失っていく。

ローガンが来ない代わりに、贈られてくるのはクリスマスローズの花束だった。

カリクスは四歳になる頃、どうしてローガンからクリスマスローズが贈られてくるのかセレーナに聞いたことがある。

セレーナはぼんやりと窓から外を見つめて、こう言った。

『これを与える代わりに、ここから出るなと言っているんだわ』

『どうして？　どうしてお母様と僕はたまにしかお外に出られないの？　どうしてお父様はあまり来てくれないの？』

『全部……お母さんが平民の出だからいけないの。ごめんね、カリクス』

カリクスにはその時のセレーナが言った言葉の意味が理解できなかったけれど、セレーナを苦しめているのがローガンだということだけは幼いながらに理解できた。

いつかセレーナとここから出て自由に暮らすことが、カリクスにとって人生で初めての夢だった。

それからカリクスは騎士伝いに家庭教師を付けてほしいとローガンに頼み、許しを得た。

毎日離宮内の本を読み漁り、貴族としてマナーを身に付け、将来セレーナと外に出るためにカリクスはできる限りの知識を身に付け、万全を期す。

頑張ればいつか夢は叶い、セレーナが喜んでくれると思っていたから。

しかしカリクスが六歳になる頃、元から体が弱かったセレーナは心労によって体調を崩した。

カリクスの前でさえ殆ど笑顔を見せなくなり、話し掛ければごめんねと謝るばかり。

その心労の原因がローガンであることは、想像に容易く、カリクスの中で怒りがふつふつと湧いてくる。

『どうして僕とお母様がこんな目にあわなくちゃいけないんだ……!!』

騎士や使用人の噂話では、正室とその息子は生活に全く制限はされていないらしい。外に自由に出ることができ、毎日ローガンは顔を見せているのだとか。

その時カリクスはようやく、この現状を本当の意味で理解する。

セレーナとカリクスは、厄介払いされていたのだ。

正室に息子——王位継承権を持つ子が産まれてさえしまえば、セレーナとカリクスの存在はローガンにとって不要だった。

どころか、余計な火種を生むカリクスの存在は目の上のたんこぶだったのだろう。

だから離宮へ押しやった。外には出さず、ローガンも顔を出さなくなった。

六歳になった年の冬、カリクスは父——ローガンを心底恨んだ。

カリクスが八歳になる頃には、ローガンは一切来なくなった。

家庭教師がカリクスのことを稀代の天才だから一度見たほうが良いと言おうが、医師がセレーナに一度くらい見舞いに行ってはと提案しようが。

ローガンは徹底的にセレーナとカリクスの存在を口には出さないようになっていった。

そのためにセレーナとカリクスの存在を知っている側近や家臣たちは、ローガンの意を酌んで居ないものとして扱うことを決めたらしい。

中には二人は亡くなったのだと噂するものまで現れ、それは騎士伝いにカリクスの耳にも届くこととなった。

けれど、実父にそのような扱いをされたカリクスは、思いの外悲しくはなかった。

ただただローガンを恨み、日に日に弱っていくセレーナをどうすれば救えるのかを考える日々。

そうしてそれは、ある日突然訪れることとなる。

その日は雪がしんしんと降り積もっていた。

セレーナは「貴方が産まれた日もこんなふうに雪が降っていたのよ」なんて昔話が出来るくらいにその日は調子が良かったようで、カリクスは何だか嬉しい気持ちになった。

十日に一度の外に出ても良い日だったこともあり、セレーナに暖かい格好をさせてカリクスとセレーナは離宮の庭へと足を運んだ。

たまにはセレーナを外に出さないと、もっと弱っていくような気がしたから。

『あれ？　人が居ない……』

離宮から王宮へ続く通りにはいつも多くの騎士がいるはずだったが、降り続く雪の処理のため持ち場を離れているのか、誰も居ないことに気が付いたのはカリクスだった。

いつもなら後ろにピタリとくっつくようにして監視する騎士も、今日に限っては忙しいので、と王宮の方へ向かって行ったのはつい先程のことだ。

カリクスはちらりとセレーナを見る。セレーナはカリクスを見てふわりと微笑むと、コクリと頷いた。

カリクスはその時、今しかないと確信した。

それからは無我夢中だった。

いつ騎士たちが戻ってくるか分からない中、カリクスはセレーナの手を引いて必死に走った。雪に足を取られながら、突如として荒れ狂う吹雪で視界が悪い中、それでも足を止めなかった。セレーナの身体のことを思えばこんな無謀なことはするべきではないのだろう。けれどこのままここに居たら、セレーナの身体以前に心が死んでしまうとカリクスは思ったのだ。

暫く二人で走ると吹雪で視界が悪いことが功を奏したのか、無事王宮までたどり着き、そして積荷が運ばれるときに門が開くのと同時に外に出ることが出来た。

顔は寒さでズキズキと痛くて、セレーナと繋いだ手は寒さで感覚が分からなくなる。今からどこへ行けば良いのか、二人で生きていけるのか、不安が胸に込み上げてくる。

それでも初めて見た外の世界を、カリクスは一生忘れないだろう。

雲の間から姿を現した太陽の光が、地面に降り積もった雪にキラリと反射した。

◆◆◆

「それから暫くはとりあえず歩き続けた。追っ手が来るかもしれないから足を止めるわけにはいかなかったんだ。だが私はまだ八歳で、母は病弱で……長時間吹雪の中を耐えるなんて出来るはずがなかった。先に倒れたのは母だったよ。私ももう限界が近かったから、あのときは本当に死ぬと思った」

「…………それで、どうなったのですか……？」

「外交のためにオルレアンを訪れていた父――アーデナー前公爵が助けてくれたんだ。そこから私と母の人生は大きく変わった」

サラは、カリクスの話を一言さえも聞き漏らさないよう、神経を研ぎ澄ませる。

「住むところがないと悩む私たちに、父はキシュタリアに来るよう言ってくれた。素性を話しても受け入れてくれて、母は次第に父に惹かれていった。後から聞いた話では、父の一目惚れだったらしいが。……元から弱かった母の身体は劇的には良くならなかったが、毎日笑顔だったし、父は私のことを本当の息子のように思ってくれていたな」

「カリクス様…………」

「サラ、今まで黙っていて済まない。私にとってオルレアンにいた頃のことは終わったことなんだ」

カリクスの声色は穏やかだ。けれど、どこか自嘲気味にも聞こえる。

終わったことだと語るカリクスに、サラは引っかかりを覚えた。

もちろん常日頃から思い悩んでいたわけではないのだろう。多忙なカリクスが、実害が無い状態で常にそのことに目を向ける余裕があるはずがなかった。

だが今、目の前にその過去の人物――実父《ローガン》が現れ、カリクスは再び過去と向き合うことになった。

その胸中を正確に計り知ることは出来ないけれど、サラはあることに気が付いていた。

ローガンは何も不法侵入をしてこのアーデナー邸に足を踏み入れた訳ではない。屋敷も騒ぎになっておらず、お茶が用意されていることからもカリクスが通すよう指示をしたのだろう。

どうしても会いたくなければ、拒否をすることは容易《たやす》かったはずだというのに。

つまり、カリクスは自らの意思でこの場にローガンを引き入れ、会うことを選んだということ。

終わったと称したことに、カリクスは時間を使うような人間ではないことをサラは知っているので、カリクスの終わったことという発言が本音ではないことが証明されている。

カリクスは視線をサラからローガンへと移した。ローガンの瞳の奥がゆらりと揺れる。

「それで、もう一度聞きますが、玉座を奪われそうになっている貴方がどうしてここに？」

ローガンは言いづらそうに口籠り、数回瞬きを繰り返してから口を開いた。

「私は次期国王にカリクス――お前になってほしいと思っている」

「……！　今更何を……貴方が私と母にしたことを忘れたんですか⁉　貴方は正室に世継ぎが出来たから私と母のことを離宮に追いやったんでしょう……！　平民の出の側室の子――卑しい血が混じった私のことが邪魔で、亡きものとして扱ったのではないのですか……‼」

「……！　違う……私は……そうじゃないんだ……っ、違うんだ……！」

否定を口にするローガンだったが、カリクスの憎しみの籠った瞳にぐっと押し黙った。

一言でも余計なことを話せば、牙で噛みちぎられそうなほどの獰猛《どうもう》さを感じ、口を閉ざすとカリクスは「はぁ」と自身を落ち着かせるように大きなため息をついてローガンを見やる。

「そもそも玉座を奪おうとしているのは、貴方の大切で仕方がない正室の子でしょう。さっさと明け渡しては？」

「あいつは……フィリップではダメだ。何事も他力本願で直ぐ人のせいにする」

「……自分の息子です。大目に見てはいかがですか」

「それだけなら検討の余地はあった。だが数年前フィリップに婚約者が出来てから、あいつはその婚約者の言いなりだ。国の資金を勝手に婚約者のために使ったり、婚約者が理由もなく嫌いだと言った人物に謂れのない罪を被せたり……到底人の上に立つ人間のすることではない。何度叱っても一向に直らず、母親は良いと言ったただの婚約者のためにしたことだのと……」

人が人に影響を受けるのはよくある話だ。かくいうサラとカリクスもそうだった。

違うのは影響を受け良い方向に向かうのか、悪い方向に向かうのかということ。

カリクスの義弟――フィリップはどうやら後者だったらしい。

カリクスは義弟とはいえ一度も顔を合わせたことさえなかったので、いまいち実感が湧かなかったが、話を聞く限りフィリップに王位を譲れないと語るローガンの意思は正しいと感じた。

王の不出来にしわ寄せを食らうのは、いつも民だ。

「最近は私を暗殺しようとまで企てている。それもフィリップの婚約者が言い出したらしい。私が王位を譲ることを渋っているのが気に食わないのだろう。……正妃もフィリップを王にと昔から強く望んでいるから、その婚約者と結託している。婚約者の家は王家に並ぶほどの力があり……正直こちらからおいそれとは婚約破棄をすることもできない」

「………それならば貴方が死ぬ寸前まで王位は譲らなければ良い。護衛をつければどうにかなるでしょう。或いは正室の子をいっとき辺境の地にでも追いやり……ときが来たら呼び戻して王位を継がせれば良いではないですか。辺境の地へ追いやられた王子に呆れて、その婚約者から婚約破棄の申し出があるやもしれません。何も直ぐに貴方の命がどうこうなんてことは無いのですから急がずとも――」

刹那、カリクスはローガンの顔を見てぷつんと言葉が途切れる。

わざわざ十六年ぶりに会いに訪れ、まだ自身が若いというのにカリクスに王になれという理由、それは。

「私はもう……永くない。もって一年だと言われている」

「…………………」

「そのためにキシュタリアに来る前に戴冠式は年明けに行うと伝えてきた。戴冠式は年明けに行うことがならわしなんだが、今年は残り三ヶ月弱しかない。……これを逃せば、私が死んで自動的に王位はフィリップのものだ。……そうなっては……オルレアンはおしまいだ」

ふ、とローガンは自嘲気味に笑う。

（あ……今の笑う時の声……カリクス様に似てる……）

俯くカリクスに対して、サラはぎゅっとその手を掴む。

サラの小さな手では包み込むことは出来なかったけれど、カリクスはその温もりを大事そうに握り返した。

「私、は………」

震えるカリクスの声に、ローガンはゴクリと息を呑む。

「貴方のことが憎くて堪りません。オルレアンの地を踏むのも嫌です。――が、無能な王族のせいで民が苦しむのも嫌です。……ですから少し時間をください」

「ああ。……もちろんだ。私は明日の夕方までこの国にいる。戴冠式までの日にちも短いため、済まないが明日の夕方までに結論を頼む」

「オルレアンを救ってくれ」と懇願するように告げるローガンに、カリクスは何も言わなかった。

しかし否定の言葉も言わないことから、気持ちが揺れているのは明らかだった。

「では今日は帰ってください。裏門に馬車をつけさせます。明日も来るようなら裏門から来てください。ヴァッシュ——執事長に案内させます」

「ああ。了解した」

「サラ、君は疲れているだろう。すぐに支度させるから湯浴みに……って、サラ？」

握り返したはずの小さな手が、するりと離れていく。

サラは体の向きを変えて、カリクスの顔を真正面から見つめた。

何か強い意思を感じさせるサラの瞳に、カリクスは少しだけたじろいだ。

サラの整った唇が、まるでスローモーションのようにゆっくりと開く。

「少しだけオルレアン国王陛下とお話ししたいのですが、良いでしょうか」

「…………理由を聞いても良いか」

サラはくるりと体を反転して、次はローガンを見やる。

薄っすらと目を細め、笑みを浮かべた。僅かに視界に映る、美しくも普段の柔らかな笑みとは全く違う不敵な笑みに、カリクスは違和感を持った。

「少しオルレアン王国に興味があるだけですわー。コッ、コホン!!　こんな機会めったにありませんもの。オルレアン国王陛下は宜しいですか？」

「あ、ああ構わんが……」

しかし普段のサラを知らないローガンはそんなサラの変化に気が付くはずもなく、カリクスの婚約者ということもあってコクリと頷く。

サラはありがとうございますと一礼すると、もう一度カリクスに向き直った。

「では、ふたりきりで話したいのでカリクス様はどうぞお部屋でお休みください」

「……それは許可できない。話をするならば私も――」

「カリクス様、私のことをまだ良く知らないようですね？　私はオルレアン国王陛下と二人でーー、コホン！　話がしたいのです。……理解できませんこと？」

言葉の端々に棘があり、不敵な笑みを浮かべたまま。サラの様子は普段とは明らかに違うが、カリクスは敢えてそれを指摘することはなかった。

その代わりにコクリと頷くと、ドアノブに手を掛ける。

「君の好きにすると良い」

「……ご理解感謝いたします」

――キィ。

カリクスは一人で部屋を後にすると、サラは立ち尽くすローガンに一言もないまま、ボスッとソファへと腰を下ろした。

扉から一番離れている上座――先程までローガンが座っていた席だ。常識的に考えて、その席にサラが座るのは無礼極まりない。

「オルレアン国王陛下もどうぞ？　そちらにお座りになってくださいませ」

「………ああ」

そちら、と右手を向けた先は扉に一番近い下座の席だ。

いきなりの訪問であることと、カリクスの婚約者であることから、ローガンはサラに何も言うことなく、言われるがまま腰を下ろした。

しかしローガンは何も言わないだけでサラへの不信感を募らせていた。

墓石の前で会ったときは、サラの貴族としての立ち振る舞いも、家名を言わない警戒心も見事の一言だった。カリクスの婚約者として心配はいらなさそうだと思っていた。

今日応接室に入ってきた当初もそうだ。

優雅なカーテシーに、カリクスを大切そうに見る瞳。カリクスの将来の伴侶として相応しい女性だと思っていたというのに。

蓋を開ければどうだろう。カリクスに対する先程の嫌味ったらしい言い方に、座る席の場所すら知らない教養の低さ。

化けの皮が剥がれるとはまさにこのことなのだろうと、ローガンは悲しくなる。

ローガンがサラを見る瞳は、何か靄《もや》でもかかったように霞んでいく。

サラは、ふふ、と笑みを浮かべてから、声高らかにローガンに話しかけた。

「先程カリクス様が話したこと――離宮に追いやったとか、邪魔だから亡きものとして扱った、とか。オルレアン国王陛下は否定されていましたけれど、真実はどうなのですか？」

「……私がそれを君に話すとでも？」

「だって気になってしまって！　私、実は人の不幸話が……大好き——ですわ——、ではなく、大好きなのですわ。日々暇を持て余している私に、どうか話してくださいませ。言いふらしたり仲を取り持ったりは——、しませんわ」

時々変な話し方をする女性だとローガンは思いながらも、もはやそんなことはどうでも良かった。息子二人の女を見る目の無さ、そして自分自身の愚かさに、ローガンはやけくそになって口を開いたのだった。

「まず大前提として——私はセレーナとカリクスのことを心から愛していた」

ローガン、真実を話し始める

ローガンが初めてカリクスを抱き上げたのは、首が据わってから少し後のことだった。

それまでも暇があれば赤子のカリクスを見に来てはいたのだが、あまりにも小さく柔らかいカリクスに触れるのが怖かったのである。

こんなにも可愛い子を産んでくれてありがとうと、何度セレーナに感謝したことだろう。

「赤子のカリクスの手の近くに指を持っていくとぎゅっと握り返されてな……あの感覚は今でも忘れられない。私は二人を心の底から愛していたし、この幸せを守りたかった」

「……それなら、どうして……」

「――カリクスが二歳になった頃、正妃が懐妊してから問題は起こった」

ローガンは今も昔も愛している女性はセレーナだけだと言い切れる。

しかし正室が居る以上、王には夜伽を行う義務があった。正室とは完全なる政略結婚で愛はなかったが、こればかりはどうしようもなかった。

「正妃《あれ》は元から気が強い女だったが、赤子を身籠ってからはより攻撃的になってな。セレーナがお腹の子を殺すために毒を仕込んだと有りもしない妄言を吐くようにもなった。そのつもりなら正妃《自分》が先にカリクスを殺すとも。その攻撃性が直接セレーナやカリクスに向くかと思うと恐ろしくて仕方がなかった。だが妊婦に過度なストレスを与えることも出来ず……。だからセレーナとカリクスには離宮に避難してもらっていた。これが一番安全で、二人を守るには最適だと思った。正妃が出産さえすれば出してやれると……また前みたいに戻れると信じていたんだ」

「そうやって、ちゃんと伝えなかったのですか……？」

サラの問いに、ローガンは俯いて「ああ」と言いながら首を縦に振った。

当時ローガンは正室への対応で手が一杯だった。

出産さえすれば落ち着くと思っていた正室の攻撃性が、落ち着くどころか日々過激になっていったからである。

実際にセレーナとカリクスを秘密裏に暗殺しようと人を雇っていることもあった。ローガンがことが起きる前に気が付き、何も起きずに収束したのだが。

というのも、ここまで正室が二人――というよりも厳密にはカリクスを狙うのには理由があった。

「オルレアンでは正室と側室関係なく、早く産まれた男児が王位継承権第一位になる。どうしても自分の息子を王位に就かせたかった正妃は、カリクスを亡き者にしようとした。そうすれば確実にフィリップが次期王の座を手に入れることができる」

だからこそローガンは正室の動きに目を光らせていなければいけなかった。

どれだけセレーナとカリクスに会いたくても、その間に正室が変な動きをしないとも限らない。

二人を守るために、ローガンは二人にほとんど会うことができなかった。

だからその代わりにクリスマスローズの花を贈った。

春夏秋冬、前に贈った花が枯れる前に新しい花を贈り続けた。

セレーナが大好きだという花を贈れば、ローガンは自身の気持ちが伝わるはずだと、信じ切っていたのだ。

「クリスマスローズは、私はずっと君を愛している。忘れてなんていない。――そう、伝えているつもりだったんだ」

「…………けれど、その気持ちは」

「ああ。今思うと伝わるはずがない。そんなのは私の、独りよがりな願いだ」

カリクスが家庭教師から王族教育を学び始めてからは、正室のカリクスに対する暗殺計画はより綿密で狡猾なものとなった。

金銭を渡して使用人を買収したり、又は弱みを握って言うことを聞かせたり、酷いものだった。

フィリップは物覚えが悪く、勉強もサボり気味で続かない。それに比べてカリクスは稀代の天才だと家庭教師がローガンに伝え、正室は偶然にもそれを聞いてしまったことが原因だったと言えるだろう。

優秀な第一王子と不出来な第二王子。王宮の中枢も、国民たちも、どちらを選ぶかなんて火を見るより明らかだったから。

その実状に苛立った正室が次はどんな手を使ってくるか分からないため、ついにローガンは二人のことを口に出すことをしなくなった。

存在を忘れたかのように日々を過ごし、正室も二人のことを忘れてくれれば良いと願った。

「二人の身の安全だけを考えるなら早急にセレーナを側室から妾に戻し、カリクスに与えた王位継承権を無効にすれば良かったのだ。だが私はそれをしなかった。王宮内で二人が亡き者として扱われることに苦言を呈することもなく、寧ろそれで命を狙われないのなら別に構わないと、そう思っていた」

「妾にされなかったのはセレーナ様のお立場が低くなるからですか？」

「勿論それもあるが——あの子が……私とセレーナの子であるカリクスが、いずれ王となりオルレアン王国を率いていく姿を見たかったのかもしれない。だが結果的にセレーナとカリクスはとある雪が降る日に、姿を消した。……そこで私はようやく気が付いたよ。私がしていたことは二人を守っていたのではなく、囲っていただけなのだと。理由もろくに説明せずに、守ってやっていると、幸せにしてやっていると、自分に酔っていただけなんだ。……情けない……情けなさ過ぎて笑えてくるよ」

サラにはローガンの表情は分からないけれど、酷く傷ついた顔をしているのは容易に想像できた。

ローガンのやり方は確かに極端ではあったし、セレーナとカリクスの心を深く傷つけることになったが、そこには確実に愛が存在したというのに。

サラは唇をキュッと噛み締めて、太ももの上に置いた両手の拳に力を入れる。

コバルトブルーのドレスに、ぐぐっとシワが寄った。

ローガンは眉尻を下げて、悲しそうに笑う。

「二人が出て行ってから二年後、外交でキシュタリアに訪れたとき、前アーデナー卿が子持ちの平民を妻に娶ったという話を聞いたときはまさかと思ったよ。真実を知りたかった私は、当時この屋敷を一人で見に来たんだ。……そうしたら偶然三人が庭園に出てきてね……カリクスの顔に大きな火傷の痕があることに驚きはしたが、あんなに穏やかに笑えるとは知らなかったよ。時折私が会いに行ったときに見せてくれる顔は、憎しみに染まっていたから。……セレーナは前アーデナー卿に車椅子を押してもらい、そんなセレーナの横に並ぶようにカリクスは歩いていて、三人で仲睦まじく過ごしている姿は――私がなりたかった、家族、そのもの、だった………」

左手で目頭を押さえるローガンに、サラはふと自身の家族だった人たちのことを思い出す。

――そして、こうも思った。

(カリクス様とオルレアン国王陛下には、私のようになってほしくない。カリクス様がどんな結論を出そうとも二人はきちんと話し合うべきだわ)

サラは立ち上がって、ゆっくりと頭を下げる。

「オルレアン国王陛下。先程の非礼の数々お詫び申し上げます。そして今からのこと――先に謝罪させてください。申し訳ありません」

「……今から……?　どういう――」

「後ろを、振り向いて頂けますか？」

「後ろ………？」

サラにそう告げられたローガンは、ソファに座ったままおもむろに後ろを振り返る。

下座に座っていたために間近にある扉が、薄っすらと開いているのが視界に入った。

その隙間には影が落ちており、ほんの僅かに見える革靴のつま先。

なぞるように視線を上に持っていくと、影に溶け込むような漆黒の髪に、ローガンの瞳の奥が揺れる。

「どうして……」と呟くローガンに、サラは立ち上がって大きく息を吸い込んだ。

「カリクス様、出てきてください――」

サラ、カリクスを信頼している

コツコツと音を立てて室内に入るカリクス。

サラはカリクスに駆け寄ると、眉尻を下げて申し訳無さそうに頭を下げた。

「サラの悪女のような演技はなかなかだったが……。ふ、思い出すと少し笑えてくるな」

「うっ、言わないでくださいませ……!! カリクス様なら全て分かってくれると信じていたのです」

穏やかな空気で話すサラとカリクスに、ローガンは口をぽかんと開ける。

一体今、何が起こっているのか。何故この場にカリクスが登場し、サラはそれをすんなりと受け入れ、ローガンだけが驚いているのか。

「待ってくれ、どうしてカリクスが——。別の部屋で休んでいるはずじゃ……」

「私の婚約者はとても聡明で優しく、嘘をつくのが下手くそ、ということでしょうか」

「どういう、意味だ……」

分からないのも無理はないと、カリクスはふぅ、と小さく息をつく。

説明をしなければ話が進まないだろうと、カリクスは順を追って話をするのだった。

「まず、サラはいくら相手が私と血の繋がりがある者だろうと、そう簡単に異性と密室でふたりきりになることはありません。ましてや、自ら進んでそうなりたがるなんて有り得ないことを、私は

「私のことをまだ良く知らないようですね？」という言葉でローガンとふたりきりになりたい、と願ったサラに引っかかりを覚えたカリクス。

その後の間延びしたような話し方は、サラが嘘をついたり誤魔化したりするときの癖だということをカリクスは知っている。

咳払いして自らを律し、自然と話そうとする意識は買うが、正直カリクスにはお見通しだった。

「つまりサラはふたりきりになるつもりも密室にするつもりもないということ。私に部屋の前で待機し、密室を避けるために扉を少し開けておいてほしいという裏返しです。……ですから私は一連の話を全て聞いていました」

古い建物故に、開け締めにはキィ……と音がなる応接室の扉。

密談もすることから、しっかりと閉まるとガチャンと大きな音を立てる構造だということを知らないローガンは、カリクスが扉を閉め切っていないことに気が付かなかった。

「彼女の名誉のために言いますが、貴方を下座に座らせたのもわざとですよ。背を向けさせることで扉が開いていることに意識を向かせず、かつ私に貴方の声を聞こえやすくした。というか、サラの非礼は全てわざとです。言動は全て考えがあってのこと。あの悪女の演技は……私も初めて見たので驚きはしましたが」

カリクスはサラの頬を優しく撫でると、そのまま親指と人さし指で柔らかな頬を摘まむ。

「ふぇっ⁉」とどこから出たのか分からないような声を上げたサラ。頬の僅かな赤みは、カリクスからのささやかな仕返しだった。

「サラはどうしても貴方の話を私に聞かせたかったらしい。……サラ、理由を聞いても良いか？」

頬を摘まんでいた手を離し、カリクスはサラの柔らかな髪を掬い上げる。

指の隙間からパラパラと落ちていくミルクティー色の髪をおぼろげに見つめるカリクスの瞳は、冷静なように見えて疑問も孕んでいる。

サラは長いまつ毛を数回揺らしてから、おもむろに口を開いた。

「以前オルレアン国王陛下と初めてお会いしたのは、先代の公爵様とセレーナ様の墓石の前でした。その時はオルレアン国王陛下がセレーナ様と夫婦だったことは知りませんでしたが……クリスマスローズを供える陛下を見てセレーナ様とただの知り合いではないと確信しました。……クリスマスローズは夏に育てるのが非常に難しい花。この時期は花屋で売っていません。つまり、育てているのか育ててもらっているのか。どちらにせよ、ただの知り合いにすることではありませんわ。深い思い入れがあると思いました。……セレーナ様のことを、とても大切に思っていることも……」

カリクスは無言になり、髪の毛に触れていた手をサラの頬へと誘う。

摘まんで赤くなったのと反対の頬に手を伸ばすと、その手はふるふると震えていた。

「何より、故人に向けてカリクス様を幸せにしてみせます、と言った私に対して、陛下はこうおっしゃいました。――幸せにしようとするだけではだめだ。君も一緒に幸せにならないと、本当の幸せはつかめない、と」

「…………っ」

サラはそのとき、胸にツキン……と何かが突き刺さるように感じた。そのとおりだと思ったのである。

ローガンの言葉は、不思議と説得力があった。

「そんなふうにおっしゃるお方が、カリクス様が言うような酷い人だとはどうしても思えませんでした。ですから……出過ぎた真似だとは思いましたが、私は……。申し訳あ――」

「分かった。分かったよ、サラ」

再び謝罪を口にしようとするサラだったが、カリクスの大きな右手で両頬をむに、と優しく挟まれ口を尖らせる。

カリクスはそんなサラの姿に愛おしそうに微笑んでから、ローガンをちらりと見た。

カリクスたちを見る瞳からは、何を考えているかまでは分からなかった。瞳だけで読み取れるほど、カリクスはローガンのことを知らないのだ。

そう、知らない。この事実は大きい。

そして本音をさらけ出されて当時ローガンが何を思っていたのかを知ることもまた、カリクスの心を大きく動かした。

ローガンを見つめるカリクスの瞳は憎しみがなくなったわけではなかったけれど、はっきり感じ取れるほどに穏やかさが滲んでいた。

「母にも同じように、ちゃんと説明してあげてください。言い訳がましくても構いませんから……クリスマスローズを供えるだけでなく、ちゃんと言葉で伝えてください」

「……っ、ああ……」

カリクスはサラの頬から手を離して、自身の左目を覆うようにある火傷痕にそっと触れる。

「……私のこの大きな火傷痕は母が助けてくれた証でもあります。その時に母も火傷を負いましたが、名誉の負傷だときっぱり言い切るくらいに母《あの人》は強い人でした。貴方が思うよりも、強い人だったんです」

「ああ……っ、済まない……済まなかった……っ」

堰《せき》を切るようにボロボロと涙が溢れ出すローガン。

そんなローガンからカリクスはぱっと体ごと背を向けて視線を逸らす。

震える背中に気が付いたサラは、そっとカリクスの手を握り締めた。

弱々しく握り返してくる彼が、サラはどうしようもなく愛おしかった。

◆◆◆

次の日になり、サラは正午前になるとヴァッシュに頼まれてカリクスの部屋を訪れた。

朝食を食べに来なかったカリクスは、どうやらずっと自室に籠っているらしい。

「カリクス様、入ってよろしいですか？」

ノックをして、扉の前で声をかける。

昨日、カリクスはローガンに対して少し心を開いたようにサラには見えた。

しかし、王位につくというのはそう簡単に決断出来るわけではなく、話は今日へと持ち越すこととなった。

ローガンが屋敷に来ると指定した時間まではあと三十分程度しかない。

唯一事情を知るヴァッシュは時間に遅れるのではないかと危惧し、サラにカリクスの様子を確認してほしいと頼んだのだった。

「サラ、入って良い」

「……！　はい、失礼いたします」

ハキハキとした声のカリクスにサラはほっと胸をなでおろし、扉を開ける。

視界に入ってきたのは、着替え中のカリクスの姿だった。

「あっ、えっ、申し訳……ありません……っ！」

「許可をしたのは私だから気にせず入ると良い」

「目のやり場に困りますから早く服を着てください……！」

ズボンは穿いているものの、上半身は何も纏っていないカリクスに、サラは頭がくらくらする。

手に持っているシャツを今から着るところだったのだろうが、それならば着てから声を掛けてくれれば良いものを。

サラは視線をそっと他所に逸らして、赤くなった顔を掌で扇ぐ。

普段から鍛えているために薄っすらと割れた腹筋に、隆々しい二の腕と一瞬見えた肩甲骨。

戦いで負った古傷さえ彫刻にして残したいと思えるほどに美しい。

カァッと湧き上がる感じたことのない気持ちに、サラはゴックンと喉を鳴らした。

「服は着た。もう見て良いぞ」

「はい、って、え……っ」

視線を戻せば、あまりにも至近距離にいるカリクスにサラは声にならない声を上げると、驚きで足がよろける。

カリクスはそんなサラの右手首を掴んで助けると、いつものように小さく微笑んだ。

「捕まえた」

「あ、あの……⁉」

サラの手首を掴んで自身の腕の中へ誘ったカリクスは、サラの腰と後頭部に手を回して力強く抱き締める。

昨日の今日なので思い悩んでいるか、元気が無いのでは？　と思っていたサラだったが、カリクスの行動自体は普段通りだった。

ほとんど身動きが取れない中、サラは「もう……！」と羞恥とほんの少しの怒りが混ざった声で反応を示す。

「そろそろオルレアン国王陛下が来てしまいますわ……っ！　離してくださいませ……！」

「分かっている。……だから少しだけ充電させてくれ」

「…………！」

声色がワントーン落ちる。抱きしめる腕の力はより強められた。

（そうよね……一世一代の決断だもの……不安にならないはずがないわ…………）

サラは強張っていた体の力を抜いて、カリクスの背中にそっと手を回す。

「その、私にできることならば何でも言ってくださいね」

「――何でも？」

カリクスの確認するような声に、サラは早速自身の発言を後悔した。

これでもカリクスの性格をそれなりに分かっているつもりなので、このあと何を言われるかおおよその想像がついてしまったのである。

「……それなら、サラからキスしてくれ」

「～～っ!!」

カリクスはサラを腕の中から解放すると、彼女の華奢な肩に手を置く。

ニッ、と口角を上げるカリクス。サラはカリクスを見上げ「だめです……」とポツリと呟いた。

「何でもすると言ったのに？」

「それだけはだめです……！　他のことなら、何でもしますから……っ」

目を潤ませて必死に請うサラ。加虐心を駆り立てられる表情に、カリクスの脳内には多くの意地悪《してほしいこと》が思い浮かぶのだが、おそらくキスでこれなら全て無理なのだろう。

あまり虐めすぎて嫌われては元も子もないため、カリクスは「それなら」と前置きをする。

カリクスの纏う空気が変わったことに、サラは本能的に気が付いた。

「私がどんな答えを出そうと、君だけは私の味方でいてほしい」

「………！」

「それだけで私は、何でもできそうな気がする」

優しさと不安を孕む声色で、カリクスはサラの頬を優しく撫でる。

そこでサラは改めて、カリクスの胸の内を痛感する。普段と何も変わらないように見えても、不安で堪らないのだと。

呼びに来るまで部屋から出てこられないくらい、実際は一人で抱え込んでいたのかもしれない。

スッと、サラはカリクスを真似するように彼の頬を撫でて、親指が柔らかな唇に触れる。

「サラ――」

頭一つ分は高いためにすんなりとはいかなかったけれど、サラは必死につま先立ちをしてうんと背伸びをすると、そっとカリクスと唇を重ねた。

時間にして一秒にも満たないような一瞬だったけれど、その事実にカリクスの顔は、ぶわりと赤くなる。

想定外の事態に、カリクスは片手で自身の口元を覆った。

このときばかりは、サラが表情を分からなくて良かったと思うくらいに、情けない顔をしていたから。

「これが……私の答えですわ。いつ何時《なんどき》何が起ころうとも、私はカリクス様の味方です」

大きな目を潤ませ、頬は上気していて唇がしっとりと湿っているその様は、誘惑しているのかと取られてもおかしくないくらいに艶めかしい。

サラにそんなつもりは全くないので質が悪いのだが。

「君は……実は本当に悪女なのかもしれないな」

「え………？」

「いや、何でもない。そろそろ時間だ、行こう」

差し出された手をゆっくりと掴み、二人は応接室へと歩き出した。

昨日忠告した通り、ローガンは屋敷の裏口から入ると、ヴァッシュの案内で既に応接室へと通されていた。

昨日よりやや明るい表情ではあるが、目が若干腫れている。理由は分かりきっていたので、カリクスはそれを指摘することはなかった。

サラは美しいカーテシーを行い挨拶も済ませると、カリクスの隣に座る。

二人がけのソファの真ん中に座るローガンは、二人が腰を下ろしたと同時に居住まいを正した。

「……それでだ。悪いが私には時間がない。昨日の返答、聞かせてくれないか」

前置きなんて一つもなく、貴族らしい社交辞令はもちろん存在しなかった。

サラはゴクリと固唾を呑んで二人の動向を見守ると、カリクスがゆっくりと口を開いた。

「その前にまず一点、聞きたいことが」

「何だ？　何でも聞いてくれ」

「もし私がオルレアン王国に行ったとして、アーデナー領地のことはどうするつもりです？　爵位を継ぐものがいない点はもちろんのこと、民に不安や負担はかけたくないのですが」

腕を組んでいるカリクスは、まるで試すような瞳で尋ねる。

カリクスはどうしたら良いのだろう、という意見を貰いたいという意図で聞いたわけではなかった。いくら事情があるとはいえ、オルレアン王国の民のことだけを考えていないか、カリクスが居なくなったときのアーデナー領地についてもきちんと考えているのかを聞きたかったのである。

「それに関しては」とローガンは間髪容れずにすらすらと答え始めた。

「一旦領地は王家に預けるのが妥当だろう。何か問題を起こしての取り潰しではないから、貴族に明け渡す選定をするのはカリクス、という条件を付ける。キシュタリア国王は以前お前のことを優秀で敵に回したくないと言っていたから、おそらくこの交渉は通る。あとはその貴族だが、あてがないなら私が探そう。公爵以下の爵位の者で候補がいるのであれば陞爵《しょうしゃく》の申請を行う。爵位を上げるのは普通、国王自らが自身の意志で行うことだが、現時点でこれを望むのは現実的ではないからな。……公爵の地位を維持するのは、安定した領地経営のために大切なことだ。爵位が変われば今まで友好的だった貴族たちが掌を返す恐れがある。懸念は消しておいたほうが良い。まあ、陞爵に関しては私の力を以てしても確実に叶うとは言えないが……」

「…………なるほど」

ある程度納得だといった表情のカリクス。

隣のサラも昨日同じようなことを考えていたので、異論はなかった。

一点不安があるとすれば、やはり陞爵だろう。

侯爵や伯爵ならばいざしらず、公爵は王家の次に権力を有する貴族。基本的には王家と関わりが深いか、かなりの功績を上げたものだけが与えられ――。

「あ!!　カリクス様……！　陞爵についてでしたら、その……！　実は……ですね……」

「ん？」

カリクスがアーデナー領地を明け渡すとしたら一人しかいない。なんだかんだカリクスはその人を信頼しているし、多大な功績を残しているから陞爵の可能性もある。

――そして何よりも。

サラはカリクスの耳元にそっと顔を寄せ、ローガンには見えないように口元は掌で隠してこしょこしょと話す。

伝えて良いのか迷ったが、言ったほうがカリクスも協力してくれてお互いに得なのではという算段があった。

「……！　それは本当か」

「はい……っ！　ですから爵位の件ももちろんですが、カリクス様がこなしていたとてつもなく大量の実務も、あの方が居てくれるのであれば話は変わってきますわ……！　とても優秀なお方ですもの！　そ、それもお二人が上手くいけばの話なのですが……」

やや眉尻を下げた笑顔を見せたサラは、ハッとしてローガンに頭を下げる。目の前で内緒話をされるなんていい気分はしないだろう。

しかし流石にキシュタリアの根幹に関わることをオルレアンの国王に聞かれるのはまずい。

謝罪を快く受け入れてくれたローガンに、サラはほっと胸を撫で下ろした。

「とりあえずアーデナー領地のことはなんとかなりそうだ。君のおかげだな」

「えっ⁉　私は何もしていませんわ⁉」

「元を辿ればサラのおかげだ。ありがとう」

「身に余りますわ……」

ローガンはサラたちの考えは分からなかったが、話の流れが良い方向に進んでいることに安堵する。

「もう聞くことはないのか？」とローガンが尋ねると、カリクスは再び口を開いた。

「そもそもの話、いくら私が第一王子だとしてもすんなり王位につけるとは思えないのですが。血筋や立場は置いておくとして、幼少期しかオルレアンにいませんでしたし、民は私の存在を知らないのでは？」

「そのとおりだ……私がお前を次期の王にと推して、ようやく王位継承権争いに挑めるといったところだ。これだけ言っておいて何だが、カリクス——お前にはフィリップから王位を奪ってもらわなければならない」

ローガンの返答は想定内だったのだろう。カリクスは驚くことなく小さく息を吐き出した。

「それで、因みにその王位継承権争いとは何をするんです？」

「それが私と私の父は経験していないのだが……オルレアンでは王位につく可能性が複数人いるとき、かつ事情があってすんなりと王位が決まらないときに、とあることをするんだ」

学力を争うのか、剣で斬りあうのか、はたまた国民投票でもするのか。カリクスはいくつか想定しながら、ローガンを見る。

しかしローガンから出たのは、予想だにしない返答だった。

「直接争うのはカリクスとフィリップではない。お互いの婚約者同士が様々なことで優劣をつけ合い、争う──王位継承権代理争いなんだ」

「つ、つまり私ですか…………っ⁉」

◆◆◆

同時刻──オルレアン王国の王宮内にて。

「ねぇアンジェラさん。そろそろ主人《あの人》がキシュタリアから帰ってくるけれど、馬車が事故で……なんてことはないのかしら？」

「流石にそれはいけませんわぁ、お義母様。派手にやりすぎると疑われてしまいますぅ。フィリップ様には確実に玉座についていただきませんとぉ」

仰々しい話をするのはローガンの正妻であり、カリクスの義弟のフィリップ──その母に当たる人物。

もうひとりはフィリップの婚約者のアンジェラだ。

アメジストのような色の巻き髪をぐりんっと靡かせながら、アンジェラはくつくつと笑ってみせる。

そんなアンジェラの厭らしい笑みに、フィリップはほっと胸を撫で下ろして笑みを零した。

「けれどそれも時間の問題ですわぁ？　年明けの戴冠式には玉座はフィリップ様のものぉ。このアンジェラ・エーデルガントが言うのですから間違いありませぇん」

「それもそうだよね。今やお父様《パパ》と同じくらいエーデルガント家も力を持っているんだ！　ねっ、お母様《ママ》！」

「ええ、フィリップ。貴方は王となるために産まれてきた子なの。私とアンジェラさんに任せておけば大丈夫よ」

二人がけのソファにくっついて座る親子――フィリップとその母親を見るアンジェラの瞳は氷のように冷たい。どころか蔑んでいるといったほうが良いだろうか。

気持ち悪いと思うだけにとどめている私って偉いわぁ、と思っているくらいである。

しかしこれでも王子とその母である王妃。アンジェラは笑みを浮かべたまま、二人にそっと近付く。

「お任せくださぁい。何があってもフィリップ様を王にぃ、お義母様を王太后にしてみせますわぁ」

――そして私が、王妃に、この国で一番偉い女性になるのよぉ。

アンジェラはその思いを胸に、不敵な笑みを扇子で隠した。

書き下ろし番外編

メシュリーの初恋大作戦

──プラン・マグダット子爵。

彼の姿を初めて見たときの印象は、汚い、だらしがない、挙動不審、好みじゃない、だったはずなのに。

そんなマグダットの植物に対して夢中すぎるところ、ときおり饒舌になるところ、目をキラキラとさせるところ。

新たな薬の開発のためにメシュリーの体を利用せず、過去の苦しみも考慮した上で、自身の体を傷付け、最上の結果をもたらそうとしたところ。それを、当たり前だと思っているところ。

植物の研究者としての矜持、人としての優しさを存分に持っているところ。

全てに惹かれ、メシュリーはすぐさま恋に落ちた。

もちろん、火傷痕が薄くなるかもしれないという事実が誰かを好きになっても良いのだという気持ちの後押しをしたのは確かだ。

しかし、幼少期──まだ火傷痕がなかった頃。

カリクスとは仲が良かったものの、こんなふうに胸が躍ったことがなかったので、これはメシュリーにとって初恋なのだと、胸を張って言える。

誰しもが特別だと感じる初恋──それも、全身の火傷のせいで恋なんて出来ないと諦めていたメシュリーからしてみれば、それはもう、特別という言葉では括れないほどのことだった。

──そんなメシュリーは、サラと共にマグダット邸に来てからというもの、時間さえできれば愛おしい彼の許へと押し掛けた。

以前求婚した際のマグダットの慌てようから言って、一筋縄ではいかないだろうが、メシュリーはプランの隣にいる以外の未来など考えられないほどに惚れ込んでいたから。

(プラン様に好きになっていただくには、どうすれば良いかしら?)

メシュリーは人に好きになられたことはあれど、逆はない。

そのため、サラに恋愛に関しての助言を求めたことがあった。

まあ、サラを見ていれば、彼女に聞くのはあまり当てにならないだろうけれど。メシュリーは他に聞ける友人が居なかったのである。

しかし、思いの外サラから有力な情報を聞けたメシュリーは、実践してみることにしたのだった。

(まずは、プレゼントね!)

――『養父様《おとうさま》は植物に関連したものならば何でもお喜びになりますから、まずはお近づきの印にプレゼントなどをしてみてはいかがでしょう? お薬のお礼と称せば、受け取っていただけると思いますわ』

この発言を聞いたとき、メシュリーはなんて名案だろうかと目から鱗が落ちそうになったものだ。

(私は王女。王宮に出入りできる人間の一部しか入れない書庫にももちろん入れるし、その本を借りる権利まで持っている。これを使わない手はないわね)

そうしてメシュリーは、公務の間に書庫に通い、マグダットが喜びそうな植物関連の本を一つ選んだ。

借りる際は一冊ずつしか借りられず、その期間も三日と短いのだが、それはそれでまたマグダットに会いに行く口実が出来るというもの。

メシュリーは植物の分野には疎かったものの、事前知識のために全てをきちんと読んで、可能な限り頭に叩き込んだ。

――そうして、マグダットに会いに行った日のこと。

メシュリーはその本をずいっと、マグダットの前に差し出したのだった。

「プラン様！　お薬のお礼も兼ねて、王室の第一書庫から、植物関連の本を借りてきましたの！　受け取ってくださいませ！」

「え!?　あ、ありがとうございます……!!」

（わ、わぁ～!!　目をキラキラとさせて喜んでいるわぁ！）

もじもじしているのがマグダットの通常仕様だが、植物が関わるとそれは異なる。

少年のように喜ぶマグダットにメシュリーは胸をキュンっと疼かせながらニコニコと微笑んだ。

……はずだったのだけれど、表紙を見て固まるマグダットに、メシュリーは何度か目を瞬かせた。

「殿下……そのですね……ぶつぶつ……この本なのですが……」

「はい！　レリベリーの栽培方法や、カリモソウの加工の仕方など、事細かく書いてありましたわ！　きっとプラン様のお役に立てると――」

「こ、こここっ、この本にそんなことが書いてあったのですか……？」

「えっ……？　それはもちろん――って、あら……!?」

そのとき、メシュリーの目はこれ以上ないほどに見開かれた。

（こっ、これは植物の本ではなくて……私が最近寝る前に読んでいる恋愛小説だわ……⁉）

日々公務に励み、植物関連の本を熟読し、少しでも恋愛の知識も入れようと恋愛小説を読んでいたメシュリーは、ここ数日寝不足だった。

メシュリーもその自覚はあったものの、まさか指摘されるまで持ってくる本を間違えていることに気付かないなんて――。

しかも、恋愛小説を読んでいることを知られるのも恥ずかしいという二重の問題である。

「プラン様申し訳ありません……！　本来お渡しするはずだった本はまた後日持ってまいりますので……！　今日のところは失礼いたしますわ……！」

「でっ、殿下……っ⁉」

腰を九十度に曲げてから、屋敷を飛び出すメシュリー。

恥ずかしさで顔を真っ赤にしながらも、諦める訳にはいかないと、次の作戦を思い浮かべた。

（次こそは……！　プラン様に好きになっていただくために気を引き締めなければ……！）

――しかし、それはあっけなく失敗を迎える。
ことの発端はサラの助言――『メシュリー様はとても可愛らしいお顔をしていると聞きました。ですのでその……養父様《おとうさま》に色仕掛けなどしてはいかがでしょう……？　その、ドキドキして意識していただけるのではないかと……！』という発言からだった。

『私に色仕掛けをしてみてくれないか？』とサラに対して真剣な顔で言っていたカリクスはさておき、メシュリーは試してみる価値はあるかもしれないと思ったのだけれど。

「キェエエエエ……!!」

「プ、プラン様……！」

そう、マグダットは女性に対して免疫があまりに無さすぎたのである。

そのため、メシュリーが少し顔を近づけただけで、マグダットは奇声を上げながら逃げていってしまったのだった。

（ど、どうしましょう……どうすれば、プラン様は私を好きになってくださるのかしら……）

二つ目の作戦も失敗に終わり、メシュリーの瞳には影が落ちた。

（あと私にできることと言ったら……）

サラからは二つしか助言は受けていない。後は自身でどうにかするしかないのだが、いかんせん恋愛小説に書いてあるようなことは、全て難易度が高かった。

（……やっぱり、私ができることと言ったら……）

メシュリーは大変優秀だが、サラと比べると必要となる知識の幅が広すぎて、植物に関しての知識はそれ程得られていない。

少なくとも有益な情報をマグダットに渡すことは出来ないだろう。

（……うん、話してみましょう）

それならば、とりあえず思いついた案を試してみる他ない。

メシュリーは植物園に入ると、そこで研究をしているマグダットに声を掛けた。

「プラン様、ごきげんよう」

「わっ、で、で、殿下……！　こ、こんにちは……っ」

美しいカーテシーを披露し、いつものもじもじとしたマグダットに、メシュリーは数歩近付く。

そして、こちらの動向を窺うマグダットに笑みを浮かべながら、メシュリーはドレスの袖をたくし上げた。

「……!?　ななな、何を……っ！」

「プラン様、私に作ってくださった火傷痕に効くお薬の他にも、別の植物を使って同じような効能のお薬を作っていらっしゃるのですよね？　それでしたら、是非私の火傷痕を実験にお使いください」

メシュリーの為に作った薬の元となる植物はかなり貴重なものだ。

もう少し生産しやすい植物で作れないかと、ここ数日、マグダットは研究に励んでいたのである。

それを知っていたメシュリーは、自身がその実験台になることが、マグダットの一番役に立てるのではと考えたのだけれど。

こちらをじっと見つめ、苦虫を噛み潰したような表情をするマグダットにメシュリーは眉尻を下げた。

（私……また失敗を……）

落ち込むメシュリーに、マグダットはおもむろに口を開く。

「……前にも言ったはずです。効果が立証されていないものを、貴女様に使うわけにはいきません」

「……そう、よね、ごめんなさい」

「それに……いくら腕とはいえ、急に肌を見せるのは……ぶつぶつ……おやめください。研究が、頭に入らなく……ぶつぶつ……なります」

「えっ？」

先程とは一転して、頬を赤くして照れた表情を見せるマグダット。

醜い火傷痕を見せるなという意味ではないことくらい、メシュリーには手に取るように分かってしまった。

「殿下はその……求婚してくださいましたし……ぶつぶつ……会いに来てくださるので……その、貴女様の気持ちは理解しているつもりです。けれど僕はそういうことに拙《つたな》くて……ぶつぶつ……けれど、本を読んで植物のことを知ろうとしてくださるのは嬉しいし、貴女の美しい顔が近くにあるとどうしたら良いか分からなくなる……ぶつぶつ……僕のためにと腕を差し出されると……その健気さに……自分でも訳が分からなく……ああ〜……!!」

その瞬間、物凄い勢いで頭を掻き出すマグダット。

「僕は何を言ってるんだ……!?」と何度も自身に問いかける姿に、メシュリーは込み上げてくる思いを我慢できなかった。

「プラン様……大好きです……」

「……っ」

告白への返事はなかったけれど、マグダットの様々な思いが聞けたメシュリーの心は晴れやかだった。

その一方で、マグダットは――。

（何だ今の大好きって……!!　何でこんなに、可愛いなんて思ってるんだ僕は……!?）

マグダットが自身の気持ちに気付き、メシュリーの思いに粘り負けするのは、もう少し先のことである。

あとがき

皆さんこんにちは。作者であり、二児の母、肝っ玉母ちゃんの櫻田りんです。

この度は、数ある本の中から拙著「顔が見分けられない伯爵令嬢ですが、悪人公爵様に溺愛されています２」をお手に取って下さり、ありがとうございます。

一巻に引き続き、二巻を買ってくださった皆様には本当に感謝しかありません……！


さて、皆様二巻はいかがだったでしょうか？　カリクスの火傷の経緯が明らかになりましたが、私がお伝えしたいのはメシュリーとダグラムについてです。

初めのプロットでは、メシュリーは悪女にするつもりでした。一巻で出てきた妹のミナリーとは違い、ラスボス感のある悪女のイメージですね。

しかし、私自身がどうにもメシュリーに肩入れしてしまって、本編のような女の子になりました。メシュリーがマグダットのことを好きになるのは、メシュリーが勝手に動いてくれました。

因みに、私はサブキャラ同士の恋愛大好きマンなので、メシュリーとマグダットのお話をもっと沢山書きたいです……！　もし読みたいと思ってくださったら、編集部様の方にその旨をお伝えいただければと思います。

次にダグラムですが、彼は当初サラにけちょんけちょんにザマァされる予定でした。ですが、これまた私がダグラムに愛着が湧いてしまい……。もし三巻を出させていただいたら、成長したダグラムが見られるかもしれません！

沢山語らせていただきましたが、最後に、とっても気になるところで終わった第二巻ではありますが、まだ続刊できるかは定かではありません。代理争いや結婚式など、まだまだ書きたいことが沢山あります。厚かましいお願いにはなりますが、是非、書店ストア様等のレビューや、作者へのファンレターなどで、サラたちを応援してくださると嬉しいです……！

では、ここからは謝辞になります。

本作を拾い上げていただいた『TOブックス編集部』のご担当者様及び関係者の皆様、美しいイラストを描いてくださった紫藤むらさき先生、本作が書店に置かれるまで尽力してくださった皆様、そしてウェブでたくさんの応援をくださった読者の皆様、本当にありがとうございました。

家事育児を共に励んでくれた旦那様、いつも癒しをくれる子供ちゃんたちも本当にありがとう。四歳と二歳の息子たちは、毎日元気いっぱいで嬉しいです。

最後に、本作が皆様の心に少しでも癒しを届けられますように。皆様がほんの少しでも、優しい気持ちになれますように。

そして、この本をお手に取ってくださいましたあなた様。改めまして、ありがとうございました。

巻末おまけ

コミカライズ第1話試し読み

漫画＊樋木ゆいち
原作＊櫻田りん
キャラクター原案＊紫藤むらさき

この度は花嫁を変える非礼…誠に申し訳ございません…！
顔を上げてくれ
それなりの爵位で適齢期の女性を探していただけだ
それが君の妹から変わったところで問題はないよ
『悪人公爵』と呼ばれるその人の顔も
私の世界では他の人間と同じくわからない

――でも
ぼんやりと赤くて
温かいそれは

見たことがないくらい
優しい色をしていた

ひとつ下の妹は昔から私によくわがままを言った
おねえさま!
このブレスレットかわいいね ミナリーにちょうだい?
お姉さま
ミナリー足が痛いから本を持ってきて
おねえさま
お姉さま
ねぇ お姉様

ミナリーの代わりに
嫁いでくれない？
とつぐ？

くっちゃ
くっちゃ
サラ
早く座らんか
はっはい…！
も申し訳ありません…
家族と一緒に食事を許されるだなんて…
今日は私の誕生日だったかしら？
きゃっ
ドタ
キャハハ
お姉様ったらー
椅子の座り方も忘れちゃったの？

…誕生日の
はずがないわね
ぎゅっ
半年前に
ひとりで18歳の
お祝いをしたもの
サラ 聞いているのか
はっはい……！
ミナリーの代わりに
嫁いでほしいと…
びくっ
ほしいじゃ
ないわ
嫁ぎなさい
と言っているの

しっしっ
我が領地の状況を知っているな
もちろん知っている
コク
私は家事の合間に経理や経営の仕事も手伝わせてもらっている
ファンデッド家の令嬢としてミナリーのように社交界に馴染めないから
ならば今必要なものがわかるだろう?
お　お金…です

嫁ぎ先はカリクス・アーデナー公爵
『悪人公爵』と名高い名家の当主だ
そんな男にこの子が嫁ぐなんてかわいそうでしょう？
ミナリーこわ～い
──わかりました
私が代わりにまいります
よし これで我が伯爵家も安泰《あんたい》だな
はっ はっ はっ
お前を育てた甲斐《かい》があったわ
ああ…
──あと あの嘘もやめなさいね
びくっ

人の顔がわからないなんて
またファンデッド家の名前に泥を塗る真似
…はい
ガタン
ガタン
ゴトン

…私 本当に
嫁ぐのね…
もう少しで
屋敷に到着します
はっはい…！
持参金も
輿《こし》入れの品もなく
唯一持っていた
ドレスも質素で
身なりもみすぼらしい
とても輿入れの
恰好《かっこう》じゃないのは
わかっている
マナーには気を付けて
せめて淑女らしく
…そして
すーはー
すーはー

絶対にもう人違いなんて失礼をしちゃいけない
精一杯がんばろう…
止まった…
お待ちしておりました
サラ・ファンデッド様
穏やかな男性の声…
迎えの手配をありがとうございます
アーデナー公爵閣下
はい？
──あ

じょ…
冗談ですわ
?
…申し遅れました
私は執事長のヴァッシュと申します
さっそくですが旦那様の元へお連れいたします
失礼いたします
サラ・ファンデッド伯爵令嬢をお連れいたしました
ああ
ではこちらに

ファンデッド嬢？
はっ
おっお初にお目にかかりますサラ・ファンデッドと申します
公爵閣下におかれましては…
前置きはいい疲れただろうから座って話そう
くるっ
…はい
こ…っ

この度は花嫁を変える非礼…誠に申し訳ございません…！
ガバーーッ
顔を上げてくれ
それなりの爵位で適齢期の女性を探していただけだ
それが君の妹から変わったところで問題はないよ
3年前父が亡くなり私が跡を継いだが
そろそろ妻を娶《めと》れと周りがうるさくてな
はあ…
では…ミナリー…妹を好いてお話をいただいたのではなくて…
別に誰でもよかった

私の噂を
耳にして
いるんだろう
残忍で冷酷な
『悪人公爵』
多くの者は
この火傷痕を
嫌悪の眼で見ては
醜いと
顔を背ける
みにく…い?
私にはこの人の
顔立ちも表情も
わからない
けど

なんて
優しくて
きれいな色
なんだろう…

パシッッ
…なんのつもりだ
私を哀れみでもしたのか？
ハッ
あっあの…違…違います
ええと…
ゆたゆた
どうしよう

もしここで公爵閣下を怒らせてしまったら
ドクン
ドクン
その…
ドクン
今度こそ私に居場所はない
ぶわっ
婚姻が白紙に戻ってしまったら
あ…
…言わなきゃ
公爵閣下
私の行動がお気に触ったなら謝罪いたします
…そして
伝えなければいけないことがあります
ドクン
ドクン
怖い

無礼だと
怒鳴られることが
嘘つきと
罵られることが
失敗作だと
蔑まれることが
私…はっ
人の顔を
見分けることが
…できないのです

何？
目の前の方の区別はおろか
表情の違いもわからないのです
…社交界では致命的な欠陥です
時間をかければ声や仕草ではわかりますが
幼少期は母とメイドの違いもわからなかった
…生まれつきだったのか？
いいえ…

5歳の頃
妹と遊んでいる時 転んで 頭を打ち…
目が覚めたら もう誰が誰か わからなくなって いました
服も髪型も 声もわかるのに 顔だけが わからない
お医者様も そんな病気は ご存知ない ようでした
家族にも信じて もらえません でしたが…
本当なんです

嘘ではないんです
…
それならこの火傷痕もわからないのか？
なんとなく見えますが…ただそこにぼんやりとあるだけで…

…気味悪くはないのか？
はい …むしろ
ぼんやりと温かくて赤い…
優しいオーラのように見えます

…触れれば表情はわかるか？
え…？
笑っているのですか…？
他人には醜い傷痕でも
この火傷痕は私にとって大切なものだ

サラ
君の言葉を信じるよ
だから大丈夫だ
…カリクス様
ありがとうございます
信じてもらったのは初めてで…

信じられないくらい嬉しい です…っ
…当然だ
どこの世界に婚約者の言葉を信じない人間がいる？
続きはコロナEXにてお楽しみください！
CORONA EX
TO books

漫画配信サイト
CORONA EX
コロナEX
TObooks
OPEN!!
詳しくはこちら!
https://to-corona-ex.com/

TOブックス
コミカライズ
連載最新話が
読める!
パイスリー様!!
月額400円(税込)で
全作品が読み放題!

シリーズ累計
170万部
突破!
(紙+電子)
小説
第15巻
2023年
12月20日
発売!
TOKYO MX・MBS・BS11にて
絶賛放送中!!!
帝国物語
餅月望 ― 著
Gilse ― イラスト
式HPへ!
原作HP
TVアニメHP

顔が見分けられない伯爵令嬢ですが、悪人公爵様に溺愛されています２

2023年12月1日　第1刷発行

著　者　櫻田りん

発行者　本田武市

発行所　TOブックス
〒150-0002
東京都渋谷区渋谷三丁目1番1号　PMO渋谷Ⅱ　11階
TEL 0120-933-772（営業フリーダイヤル）
FAX 050-3156-0508

印刷・製本　中央精版印刷株式会社

ISBN978-4-86794-008-2